建筑师的旅行笔记

巴西·智利·阿根廷

邹瑚莹 袁镔 著

中国水利水电出版社
www.waterpub.com.cn
·北京·

图书在版编目（CIP）数据

建筑师的旅行笔记. 巴西·智利·阿根廷 / 邹瑚莹，袁镔著. -- 北京：中国水利水电出版社，2022.10
ISBN 978-7-5226-0780-1

Ⅰ.①建… Ⅱ.①邹… ②袁… Ⅲ.①游记－作品集－中国－当代 Ⅳ.①I267.4

中国版本图书馆CIP数据核字(2022)第108914号

责任编辑　杨　薇　周玉枝

书　　名	建筑师的旅行笔记　巴西·智利·阿根廷 JIANZHUSHI DE LÜXING BIJI　BAXI·ZHILI·AGENTING
作　　者	邹瑚莹　袁镔著
出版发行	中国水利水电出版社 （北京市海淀区玉渊潭南路1号D座　100038） 网址：www.waterpub.com.cn E-mail: sales@mwr.gov.cn 电话：（010）68545888（营销中心）
经　　售	北京科水图书销售有限公司 电话：（010）68545874、63202643 全国各地新华书店和相关出版物销售网点
排　　版	中国水利水电出版社微机排版中心
印　　刷	北京科信印刷有限公司
规　　格	215mm×225mm　20开本　11印张　253千字
版　　次	2022年10月第1版　2022年10月第1次印刷
印　　数	0001—2000册
定　　价	98.00元

凡购买我社图书，如有缺页、倒页、脱页的，本社营销中心负责调换

版权所有·侵权必究

前言 Forewords

在 50 多年前的大学时代，现代建筑史专家吴唤加教授在给我们讲课时，把巴西议会大厦戏称为"一双筷子两个碗"，这幢现代建筑新颖、大气的形象，诙谐有趣的绰号深深地打动了我们。南美的印第安文明、奔腾的亚马孙河、壮丽的伊瓜苏大瀑布、纳斯卡地画、马丘比丘的印加建筑遗址等在我们心中是那么神秘，去巴西参观议会大厦，拜访巴西著名建筑师奥斯卡·尼迈耶（1907—2012），到南美去旅游，成为我们多年来的梦想。

退休后，圆梦的计划常常在心中浮现。然而，去南美的旅途遥远，旅程漫长，又让人望而却步。直到 2014 年，我们才下定决心到南美去！要去亲眼目睹那著名的"一双筷子两个碗"，去考察并感受那古老的玛雅文化，要去看看那壮观的伊瓜苏大瀑布和气势磅礴的莫雷诺大冰川，还要去欣赏巴西热情的桑巴舞和阿根廷的国舞——探戈舞的精彩表演。

2014 年 3 月 31 日我们一行 10 人，开始了 18 天的南美之行。这次南美之行因为时间短，只去了巴西、智利和阿根廷三国。但是南美大自然的壮美、资源的富饶、文化的丰富多彩、人们的热情开放等，给我们留下了深刻的印象。这本旅行笔记只记录了我们南美之行中看到的主要风景和感受。由于来去匆匆，文中所叙难免有不妥之处，欢迎大家批评指正。

邹瑚莹　袁　镔

2021 年 7 月于清华蓝旗营

目 录
前言 Foreword

Part 1
巴西 Brazil

01 巴西视觉意象 1
   The Visual Image of Brazil

02 圣保罗城市印象 2
   The Visual Image of Sao Paulo City

03 独立英雄纪念碑见证巴西独立历史 6
   Monument of Independence Witnesses the History of Brazil's Independence

04 圣保罗美丽的中央公园 8
   Beautiful Central Park of Sao Paulo

05 巴西开拓者的纪念雕像 10
   Statues Commemorate the Pioneers of Brazil

06 圣保罗大教堂前有条隐形分界线 11
   An Invisible Dividing Line in Front of the Cathedral of Sao Paulo

07 直升机下，伊瓜苏瀑布恢宏气势一览无余 13
   The Magnificent Waterfall of Lguazú Under the Helicopter

08 伊瓜苏国家公园入口——旅游建筑设计经典 20
   Classic Tourism Architecture Design — Entrance of Lguazú National Park

09 乘快艇、走山路，赏尽伊瓜苏瀑布千姿百态 22
   Enjoy the Variety of Lguazú Waterfalls by Boat and Mountain Road

10 漫步伊瓜苏鸟园，观赏百鸟争艳 29
   Stroll in Lguazú Bird Garden and Watch Beautiful Birds

11 普利兹克建筑奖得主奥斯卡·尼迈耶 32
   Pay Homage to Pritzker Architecture Prize Winner Oscar Niemeyer

12 最年轻的世界遗产——巴西利亚 34
　　The Youngest World Heritage — Brasilia

13 "一双筷子两个碗"的里里外外 41
　　Outside and Inside View of "A Pair of Chopsticks and Two Bowls"

14 司法部、外交部两大楼遥相对望 46
　　The Building of Ministry of Justice and the Building of Ministry of Foreign Affairs are Facing Each Other

15 三权广场是巴西的政治中心 48
　　Three Powers Square is the Political Center of Brazil

16 总统府邸尼迈耶柱式造型新颖奇葩 53
　　The Novel and Wonderful Pillar Style of Oscar Niemeyer's Design in the Presidential Residence

17 皇冠教堂名不虚传 56
　　The Crown Church Deserves its Well Reputation

18 陆军司令部大楼威武雄壮 65
　　The Army Headquarters is Strong and Powerful

19 巴西利亚大学教学楼昵称"大蚯蚓" 69
　　Main Building of University of Brasilia Nicknamed "Big Earthworm"

20 拉丁美洲纪念馆建筑别致，曲线流畅 74
　　The Latin American Memorial Hall Has a Unique Chic Curve

21 拉丁美洲纪念馆雕塑新颖，含义深邃 80
　　The Latin American Memorial Hall has Profound Meaning Sculptures

22 鸟瞰里约热内卢的建筑、绿山和海天 81
　　A Bird's Eye View of Rio de Janeiro in Which Buildings, Green Mountains, Sea and Sky are Connected

23 乘船旅游，饱览里约瓜纳巴拉湾风光 85
　　Enjoy The Scenery of Guanabala Bay of Rio by Boat

24 攀登里约标志性景观 —— 基督山 89
　　Climbing Monte Cristo — Rio 's Iconic landscape

25 颠覆传统的天梯教堂别具一格 93
　　The Subversive Rio de Janeiro Cathedral is Unique

26 偶遇建设中的里约文化中心 96
　　Encounter Rio Cultural Center Under Construction

27 里约足球场前的购票长龙 101
　　Long Queue of Tickets in Front of Rio Football Field

28 热力四射、激情奔放的桑巴舞表演 103
　　Samba Dance Performance with Great Enthusiasm

29 世界文化遗产——宝石之都黑金城 110
　　World Cultural Heritage — Jewel Capital Ouro Preto City

30 黑金城教堂的简朴巴洛克风格 116
　　The Simple Baroque Style of the Church of Ouro Preto

31 黑金城的公共建筑实用美观 120
　　The Public Buildings of Ouro Preto are Practical and Beautiful

32 黑金城珠宝街上的珠宝店比比皆是 123
　　Jewelry Shops Abound in the Jewelry Street

Part 2 智利 Chile

33 智利视觉意象 125
　　The Visual Image of Chile

34 圣地亚哥城市印象点滴 126
　　A Little Impression of Santiago

35 圣地亚哥有座记忆博物馆 130
　　There's a Museum of Memories in Santiago

36 旧建筑改造的佳作——加夫列拉·米斯特拉尔文化中心 135
　　A Masterpiece of Old Building Renovation — Gavrela Mistral Cultural Center

37 智利街头的"露天画廊" 139
　　"Outdoor Gallery" on the Streets of Chile

38 世界遗产——港口城市瓦尔帕莱索 143
　　Valparaiso — the World Heritage Port City

39 旅游胜地维尼亚·德尔玛 152
　　Tourist Destination Vinia Del Mar

40 瓦尔帕莱索帅气的智利水兵 158
　　A Handsome Chilean Sailor in Valparaíso

41 欲飞阿根廷遭遇机场罢工 162
　　Encounter Airport Strike During Flight to Argentina

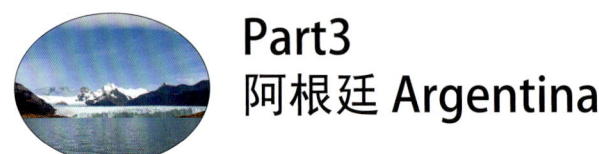

Part3
阿根廷 Argentina

42 阿根廷视觉意象 163
　　The Visual Image of Argentina

43 卡拉法特旅游小镇 164
　　Calafate Tourist Town

44 阿根廷湖的清晨金光灿灿 167
　　Golden Argentina Lake

45 乘游轮前往莫雷诺冰川 170
　　Cruise to Moreno Glacier

46 莫雷诺冰川气势磅礴 173
　　The Magnificent Moreno Glacier

47 冰川秋色美丽动人 182
　　Beautiful Autumn Glacier

48 走访探戈舞发源地博卡区 186
　　Visit Boca District, the Birthplace of Tango

49 精彩浪漫的探戈表演 193
　　Wonderful and Romantic Tango Performance

50 布宜诺斯艾利斯大剧院 206
　　Buenos Aires Grand Theatre

51 南美社会众生相 210
　　Image of South American all living Society

后记　Afterwords 212

Part 1
巴西 Brazil

The Visual Image of Brazil
巴西视觉意象　01

巴西利亚

奥洛普雷图（黑金城）

里约热内卢

圣保罗

伊瓜苏

02 The Visual Image of Sao Paulo City
圣保罗城市印象

圣保罗城市景观

圣保罗位于巴西马尔山脉海拔 800 多米的高原上，夏季凉爽，冬季不寒，是一座气候宜人、风光秀丽的城市。圣保罗城区面积为 1624 平方公里，大圣保罗区则达 2300 多平方公里。据 2018 年统计，圣保罗大城市圈人口达 2165 万，在世界城市人口排名中名列第 4 位。圣保罗不仅是巴西最大的工业城市，也是南美洲最富裕、最繁华的城市。

圣保罗最早是印第安人居住的皮拉蒂宁卡村，1554 年改名为圣保罗。1880 年时，圣保罗已发展成面积 2 平方公里、人口 4 万的小镇。19 世纪时，它依靠桑托斯港出口咖啡，经济繁荣，城市发展。到 1940 年，城市人口已超过 130 万，成为巴西重要的工商业城市。德国一家房地产建筑专业机构曾对全球 100 个大城市的高层建筑数量进行过评比，巴西圣保罗拥有高层建筑 8739 座，排名仅低于香港、纽约和上海，居世界第 4 位。圣保罗约有 6 万 4 千条街道，纵横交错，车水马龙，一派繁荣景象。

圣保罗是巴西的商业与金融中心，一些国际著名银行驻巴西的总部和国内各大银行的总部都设在圣保罗。这里还有拉美最大的证券交易所和期货交易市场。

圣保罗也是一座文化城市，市内有各类高等学府和专科学院，圣保罗图书馆的藏书已逾百万册。圣保罗还有许多博物馆，其中圣保罗美术馆、巴西美术馆、印第安民间艺术馆和博物馆等最为著名。

圣保罗还是一个文化和民族的熔炉。第二次世界大战后，仅意大利移民就有五六百万之众。德国人和日本人也有三百万之多。各地的移民都带来了自己民族的文化，这些文化在圣保罗融合并不断发展。圣保罗的东方街是日本、中国、朝鲜许多侨民居住的地方。

圣保罗是个现代化的国际大都市，虽然道路堵塞、环境污染、城市拥挤，但是这个城市仍然散发出极大的魅力，到处充满了生活气息。

圣保罗街道上车水马龙

圣保罗市高楼林立

眺望巴西革命纪念碑（七九纪念碑）

中国风情街

地摊上有彩色宝石卖

城市里涂鸦不少

03 Monument of Independence Witnesses the History of Brazil's Independence
独立英雄纪念碑见证巴西独立历史

回顾巴西的历史我们可以看到，1500 年，葡萄牙航海家佩德罗·卡布拉尔率探险队到达巴西。1532 年，葡萄牙人在巴西建立行政管辖区，巴西沦为葡萄牙的殖民地。从此，巴西土著居民和非洲的黑奴就开始了反抗殖民者的残酷压迫和争取独立自由的斗争。虽然斗争受到殖民者残酷镇压，但巴西人民争取独立自由的烈火仍在全国熊熊燃烧。这促使葡萄牙佩德罗王子在 1822 年 9 月 7 日，宣布巴西脱离葡萄牙独立，成立巴西帝国。巴西从 1532 年到 1822 年将近 300 年前赴后继的独立斗争，终于获得胜利。

为了纪念巴西独立 100 周年，巴西政府在圣保罗市区东南的伊比郎加河畔，建立了一座独立公园。公园由皇家博物馆、花园及独立英雄纪念碑组成。独立英雄纪念碑是圣保罗的标志性建筑之一，也是圣保罗著名的景点。在花岗岩碑座四周和纪念碑顶部，雕刻着佩德罗一世领导人民争取独立，开创巴西帝国的奋斗场景，以及巴西独立战争有功之臣的青铜雕像和浮雕。在纪念碑下的皇家小教堂里，安放着佩德罗一世及王后的衣冠冢。纪念碑前有一盆长年不熄的圣火，象征着巴西人民对自由的向往和永恒追求。

坐落在圣保罗独立公园内的独立英雄纪念碑

地下室的佩德罗一世及王后的衣冠冢

纪念碑前的圣火

纪念碑上的雕像

巴西独立的有功之臣的雕像

再现巴西争取独立奋斗场景的浮雕

04 Beautiful Central Park of Sao Paulo
圣保罗美丽的中央公园

圣保罗市的伊比拉布埃拉公园又称中央公园，位于圣保罗市中心，它从印第安人的村落演变而来，总占地面积545英亩（约2.21平方公里）。1954年8月21日，圣保罗建市400周年纪念日时，公园落成，并对公众开放。公园内大树参天，3个人工湖互相联系，还有众多的博物馆、天文馆、展览馆、灯光球场、专用的自行车道等。

巴西圣保罗国际建筑与设计双年展是世界三大建筑艺术双年展之一，就在伊比拉布埃拉公园的双年展展馆举办。园内还有巴西著名建筑大师奥斯卡·尼迈耶设计的音乐厅和展厅。伊比拉布埃拉公园，无论是建筑面积和规模，还是功能的多样性，都远胜于英国伦敦的海德公园和美国纽约的中央公园。2015年，它当选为世界最好的城市公园。

从中央公园远眺

尼迈耶设计的卢卡斯·诺盖拉展览馆（唐玉恩 摄）

尼迈耶设计的伊比斯音乐厅（唐玉恩 摄）

伊比斯音乐厅室内（唐玉恩 摄）

05 Statues Commemorate the Pioneers of Brazil
巴西开拓者的纪念雕像

巴西是一个种族多元化的国家,各种族都为开发巴西贡献了力量。为了彰显巴西各族人民对国家建设发展的贡献,圣保罗市政府塑造了这尊开拓者纪念雕像。雕像位于圣保罗靠近中央公园的一片开阔草地上,由花岗岩雕刻而成,建在三层花岗岩基座之上。在开拓者群雕人物中,有欧洲人、非洲人、亚洲人;有体格健壮的男子、怀抱婴儿的妇女……群雕领头者骑着高头大马奔驰向前,马后是一群手持各种工具的开拓者。群雕再现了开拓者们不畏艰险建设巴西的顽强精神。

开拓者纪念雕像

An Invisible Dividing Line in Front of the Cathedral of Sao Paulo

圣保罗大教堂前有条隐形分界线   06

圣保罗大教堂外观

　　在圣保罗市的著名建筑物中，最引人注目的是圣保罗大教堂。大教堂的前身是一座建于殖民时期的老教堂。1913年教堂开始改建，由建筑师马克西米利亚诺设计建造。历经41年，新教堂终于在1954年落成。这座教堂是南美洲最大的教堂之一，其简洁、典雅的外形，高耸的尖拱，层层退进的入口，表现出哥特式建筑与文艺复兴时期的建筑融合的风格。在教堂室内，玻璃窗上的宗教主题彩画色彩鲜艳，意大利管风琴多达1万多个声管。

　　教堂地下室里，安放着包括原印第安酋长在内的名人灵柩。2000年，圣保罗大教堂又进行了新一轮的装修，2002年9月，教堂重新对外开放。圣保罗大教堂前面有一个由棕榈树围合的大广场。从16世纪开始，这里就经常举行宗教活动，也是每次盛大宗教游行的出发点。据说，教堂及慈善组织每天定时在广场上给流浪乞讨者发放食品。

　　广场中央的"零起点"碑是测量圣保罗和其他城市距离的起点。令人意想不到的是，它竟然还是广场"安全区"与案件高发"危险区"的隐形分界点。圣保罗大教堂地处当地著名的亚洲城所在区域内，许多移民、流浪者、小偷小摸等也聚集于此，导游希望我们尽量待在"安全区"。广场的"安全区"靠近教堂入口，那里停放着警车，游人不多，环境十分平静。广场"危险区"远离教堂入口，十分热闹，有小商小贩的叫卖声，听说还有有趣的街头表演……尽管十分好奇，但我们一行人谁也没有跑到"危险区"一睹究竟。

圣保罗大教堂前的广场

圣保罗大教堂广场安全区以此为界

The Magnificent Waterfall of Lguazú Under the Helicopter
直升机下，伊瓜苏瀑布恢宏气势一览无余 07

伊瓜苏瀑布是南美洲最大的瀑布，也是世界上最宽、最壮观的瀑布群。伊瓜苏瀑布位于巴西与阿根廷交界处，离伊瓜苏河与巴拉那河合流点的上游25公里。伊瓜苏河水跌落时被分割成大大小小270多条瀑布，这个马蹄形瀑布群宽约4公里，平均落差75米，水流量达到了每秒1700立方米。在25公里外就能听到它的轰鸣声。

1986年，伊瓜苏瀑布被联合国教科文组织作为自然遗产列入《世界遗产名录》。巴西和阿根廷分别为瀑布建立了伊瓜苏国家公园，巴西伊瓜苏国家公园每年接待游客700多万人次。为了观赏伊瓜苏瀑布的全貌，我们乘坐直升机沿着伊瓜苏河在巴西和阿根廷边界上空盘旋。从空中鸟瞰，伊瓜苏河拐弯处有一条U形断崖式峡谷。宽宽的河水被峡谷边缘的树林、起伏的岩石、岛屿分割成无数条急流。急流从峡谷断崖顶部飞流直下，跌入U形峡谷底部，形成大大小小的270多条瀑布。这里水花飞溅，水雾弥漫，吼声震天，景象十分壮观。4公里宽瀑布群的巨大水雾，在阳光的照射下，形成美丽的彩虹，在空中时隐时现。200多条瀑布的水流冲入峡谷断崖下的伊瓜苏河段，翻腾咆哮，气势磅礴，急流前行，势不可挡，这是人间最壮观的景色之一。

我们乘坐的直升飞机

巴西伊瓜苏瀑布

巴西伊瓜苏瀑布国家公园

马蹄形瀑布顶部人称"魔鬼喉"(黄汉民 摄)

定风波
伊瓜苏大瀑布

伊瓜苏河向东弯
水急浪翻到崖边
三百瀑布气冲天
谁看
白练千丈化雾烟
落水声震云飞远
谁听
飞瀑滚滚天地喧
山河壮丽胜画卷
抬头
彩虹一道跨大川

08 Classic Tourism Architecture Design — Entrance of Lguazú National Park
伊瓜苏国家公园入口——旅游建筑设计经典

  从直升机上鸟瞰，巴西伊瓜苏瀑布国家公园的入口广场十分耀眼。广场的圆弧形水池，以蓝、白、红马赛克镶嵌成三角形彩色图案，犹如一束花环嵌在广场入口，那鲜艳的色彩和美丽的造型，从高空俯瞰尤其生动活泼。游客下车后，从半圆形公园入口广场端部可立即进入一条木制敞廊，这条笔直向前，穿过砖红色的拱形"大门"，与另一条敞廊垂直相接。垂直敞廊与公园接待服务大厅入口相连接。半敞开式的接待服务大厅里有售票处和礼品店。伊瓜苏瀑布国家公园入口处的规划和建筑设计大气、醒目、色彩亮丽、考虑细致，可谓旅游景点入口建筑的经典之作。

巴西伊瓜苏瀑布公园入口广场鸟瞰

公园的标志和敞廊

公园入口广场

公园售票处及礼品店

09 Enjoy the Variety of Lguazú Waterfalls by Boat and Mountain Road
乘快艇、走山路，赏尽伊瓜苏瀑布千姿百态

水路乘船处

在巴西伊瓜苏瀑布国家公园，观赏瀑布的旅游路线有三条：其一，乘直升机俯视瀑布全景；其二，乘游艇经水路直击瀑布，深入瀑布观察体验；其三，走山路，跨栈桥，登平台观景。这三条旅游路线的设计，让游客能从不同角度欣赏伊瓜苏瀑布的美景。我们到达公园后，自愿分成两组，一组水上行，一组山路走。

水路组登上游艇后，沿途观赏到大小瀑布无数，彩虹亮丽，风景独好。接近瀑布时，水花飞溅，泻瀑声轰鸣，游艇一冲进瀑布区，就被水雾团团包围，无数个细微水珠雨点般扑面打来，尖叫声、欢笑声不绝于耳。

山路组沿着峡谷行进，视野开阔，大小瀑布尽收眼底。行进途中，一段山路后还常有小的支路引导游人下到观景平台。平台上既可静静欣赏壮观的瀑布风光，也是最适宜摄像、留影之处。除观景平台外，还有一段架在河流上的栈桥，人在栈桥上行走，急流翻滚着白色浪花从桥下轰鸣而过，栈桥时不时被水雾笼罩，人犹如在水雾中穿行。栈桥尽端的平台也是近距离观赏瀑布风光的绝佳之处。

游船驶近瀑布

船行沿途风景秀丽、彩虹迷人（黄汉民 摄）

登船游览者

飞泻的伊瓜苏大瀑布

伊瓜苏大瀑布

千匹银练自九天
吼声如雷震山川
万缕青烟升晴空
一条彩虹落人间

瀑布层层跌落,美景如画

架在瀑布之上的观景平台

Stroll in Lguazú Bird Garden and Watch Beautiful Birds

漫步伊瓜苏鸟园，观赏百鸟争艳 10

巴西伊瓜苏瀑布国家公园旁边有一片热带雨林，雨林里有一座不起眼的"林间小屋"掩映在大树丛中，那就是伊瓜苏鸟园的入口。鸟园占地 37 公顷。园内有鸟近 180 种，达 900 只之多，其中不少是濒危鸟类，此外还有一些水禽和爬行类动物。鸟园以保护热带雨林鸟禽、拯救濒危物种、救助受伤鸟禽为宗旨。

在伊瓜苏鸟园中，大嘴鸟和金刚鹦鹉最受人喜爱，它们被称为巴西的国鸟。大嘴鸟的祖籍是南美洲亚马孙流域，它已生存数百万年。

大嘴鸟很像宠物玩具，它有一张长 17~24 厘米，宽 5~9 厘米的大嘴，有的鸟嘴是黄色的，有的是绿色的，样子萌萌哒。

金刚鹦鹉身长 1 米左右，双翼展开达 0.9~1 米，羽毛绚丽多彩，寿命可达 80 多岁，享有"天堂鸟"的美名。

鸟园内的金刚鹦鹉按颜色分类有 17 种之多，其中蓝色金刚鹦鹉最为珍贵，据说经过训练，它们会说 8 种语言。巴西 10 雷亚尔的钱币上印着它的肖像。在鸟园还能看到黑冕鹤、喜庆鸟、绒冠灰雉、松鸡、澳洲火鸡等。

鸟园游览图

不起眼的鸟园入口

蓝色金刚鹦鹉

袖珍的蜂鸟

金刚鹦鹉时尚的羽衣

蓝色金刚鹦鹉以树洞为家

红色金刚鹦鹉

头戴凤冠的黑冕鹤

周身通红的喜庆鸟

水边的喜庆鸟

南美大嘴鸟是觅食能手

大嘴鸟看中我的红色手串

11 Pay Homage to Pritzker Architecture Prize winner Oscar Niemeyer
普利兹克建筑奖得主奥斯卡·尼迈耶

奥斯卡·尼迈耶（左5）、梁思成（左4）等参加联合国总部大厦十人规划小组

巴西建筑师奥斯卡·尼迈耶是著名的现代主义建筑大师。他所设计的那座被戏称为"一双筷子两个碗"的巴西议会大厦，是20世纪50年代现代主义建筑的经典作品，给我们留下了深深的印象。奥斯卡·尼迈耶的一生颇具传奇色彩，他1907年12月15日出生于巴西里约热内卢，1934年毕业于里约热内卢国立美术学院建筑系。

他早年与法国现代建筑设计先驱勒·柯布西耶合作设计了巴西教育与卫生部大厦，并作为巴西的代表曾与柯布西耶、梁思成等著名建筑师合作，参加了设计纽约联合国总部大厦的十人规划小组。在20世纪50年代，他与科斯塔合作，在巴西新首都巴西利亚设计中担任总建筑师。新首都的主要建筑都是出自他之手的精彩作品。巴西利亚于1987年被联合国教科文组织列入《世界遗产名录》，成为历史最短的世界文化遗产。

他于1988年获普利兹克建筑奖，他的获奖评价是：在一个国家的历史上，总有人能抓住文化的精华并赋予它特定的形式，这形式可以是音乐、绘画、雕塑或文学。在巴西，尼迈耶便是这样的一个人，他的建筑是他国家本土的色彩、光线、感觉的提炼……

奥斯卡·尼迈耶于2012年12月5日与世长辞，享年104岁。据说，他在去世前1年，他还在办公室工作。他是世界上工作年限最长，最长寿的高产建筑师。他一生在世界十几个国家留下了600多件建筑作品，被誉为建筑界的毕加索。

2014年，我们到巴西旅游观光时，特意花了两天时间前往巴西利亚，参观那些在50多年前深深打动过我们的伟大建筑。这些建筑杰作历经50多年的风雨，仍然充满着魅力，闪烁着智慧的光芒，吸引着世界各地的游客和朝拜者。

我们专程到巴西利亚参观奥斯卡·尼迈耶的建筑力作（黄汉民 摄）

1988年，奥斯卡·尼迈耶获普利兹克建筑奖

年青的奥斯卡·尼迈耶在工作中

12 The Youngest World Heritage — Brasilia
最年轻的世界遗产——巴西利亚

我们从圣保罗飞往巴西利亚，从飞机上鸟瞰城市，犹如在高空观看一幅美丽的画卷，城市竖向主轴线，规划图中的"飞机机身"分外清晰。

巴西利亚是巴西的新首都，巴西第四大城市，它坐落在帕拉诺阿湖的半岛上。在卢西奥·科斯塔的规划中，城区布局呈飞机形状，由垂直交叉的两条轴线贯通整个城市。城市平面像一架飞机或者一只振翅欲飞的大鸟，预示着巴西利亚未来将蓬勃发展。按照科斯塔本人的设计理念，这个交叉的十字同时象征了巴西是天主教国家。

巴西利亚的规划受到勒·柯布西耶现代主义城市思想的影响，城市功能分区明确，结构清晰。整个城市功能沿着垂直的两轴铺开，在"机头"分布着议会大厦、总统府、最高法院等政府机构。沿着"机身"轴线方向，主要是各种社会公共服务设施。"机翼"为生活区。巴西利亚的规划布局处处彰显着理性，但是，这种刻意的空间规划设计也为巴西利亚以后出现的种种城市问题埋下了伏笔。

1987年，在巴西利亚建成的第27年，它被联合国教科文组织世界遗产委员会批准作为文化遗产列入《世界遗产名录》。世界遗产委员会评价它是"城市规划史上的里程碑"。

值得一提的是，在巴西利亚的规划建设项目中，奥斯卡·尼迈耶曾在1956—1961年担任总设计师。他承担了城中大部分重要建筑的设计工作，包括议会大厦、总统府、最高法院、外交部、大教堂等。尼迈耶用他独特的曲线展现了现代主义建筑的非凡魅力，为巴西利亚赢得了"世界现代建筑艺术博物馆"的美名。

从飞机上鸟瞰巴西利亚

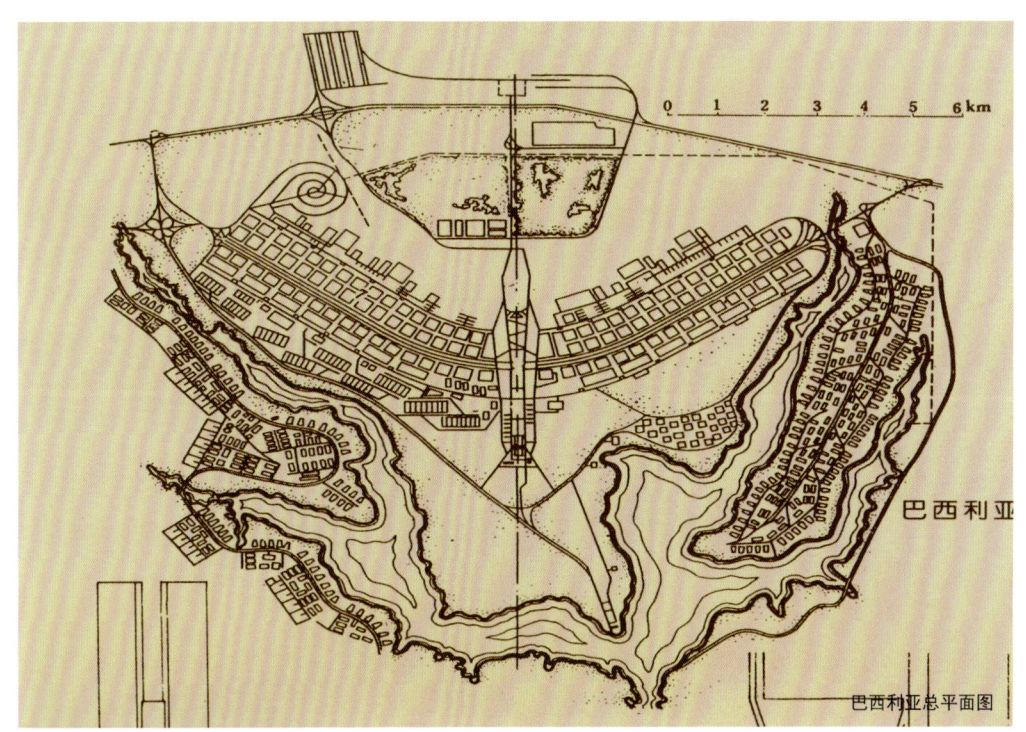

巴西利亚总平面图

巴西利亚人工湖畔的预言家纪念碑

巴西利亚 JK 桥

巴西利亚各部委办公楼

巴西利亚议会大厦

巴西利亚博物馆

巴西利亚艺术剧院

巴西利亚街景

Outside and Inside View of "A Pair of Chopsticks and Two Bowls"
"一双筷子两个碗"的里里外外   13

巴西利亚议会大厦是尼迈耶的重要作品，也是我们想要参观的现代主义建筑的经典。它是巴西利亚规模最大、形象最为突出的标志性建筑。议会大厦主入口前是一大片绿油油的草地，绿色草地的正中坐落着议会大厦，大厦的造型倒映在水池中非常漂亮。大厦两侧排列着政府各部的行政大楼，整齐有序，气势磅礴。

议会大厦的参、众两院会议厅，布置在一个长240米、宽80米的裙房内，裙房顶上并置着一扣一仰的两个碗状半球体。右侧上仰的大"碗"是众议院会议厅，它象征着"民主"和"广纳民意"；左侧下扣的小"碗"是参议院会议厅，它象征着"集中民意"和参议院立法定策的功能。在裙房后面是两座28层高的管理办公大楼，两座高耸的大楼并肩而立，两楼之间，在第11～13层处，由一条水平通道连通，建筑呈"H"形造型。"H"是葡萄牙文"人"字（Homen）的第一个字母，"H"形造型象征着联邦议院"一切为人"的立法宗旨。

统观全貌，扁而长的裙房与垂直细高的办公楼形成了强烈对比，加上裙房屋顶的两个大"碗"，整栋建筑构图别致，造型简约，新颖大气，犹如一座现代巨型雕塑。这座议会大厦被中国建筑师戏称为"一双筷子两个碗"。

大厦内的放映厅、休息厅、接待厅大多用抽象画、抽象雕塑或用抽象图案的隔断来装饰和分隔空间。但是，有间房间的装修却很特殊——沿墙处用玻璃隔出墙面并满贴瓷砖。虽然瓷砖有点中国青花瓷的味道，但瓷砖的图案却像一堆"乱码"。我问导游，为什么墙上要贴"乱码"？导游说，据说原来设计的是图案，由于工期紧张，图案拼接不易，只好随意拼成了"乱码"，效果也还不错。参观结束时，我们每人免费领取到一张议会大厦的明信片，就地填写后当场投入邮箱，寄回家乡。这个小情节让我感受到温馨而有人情味的旅游经历。

巴西议会大厦前尺度巨大的绿地

巴西议会大厦有"一双筷子两个碗"的绰号

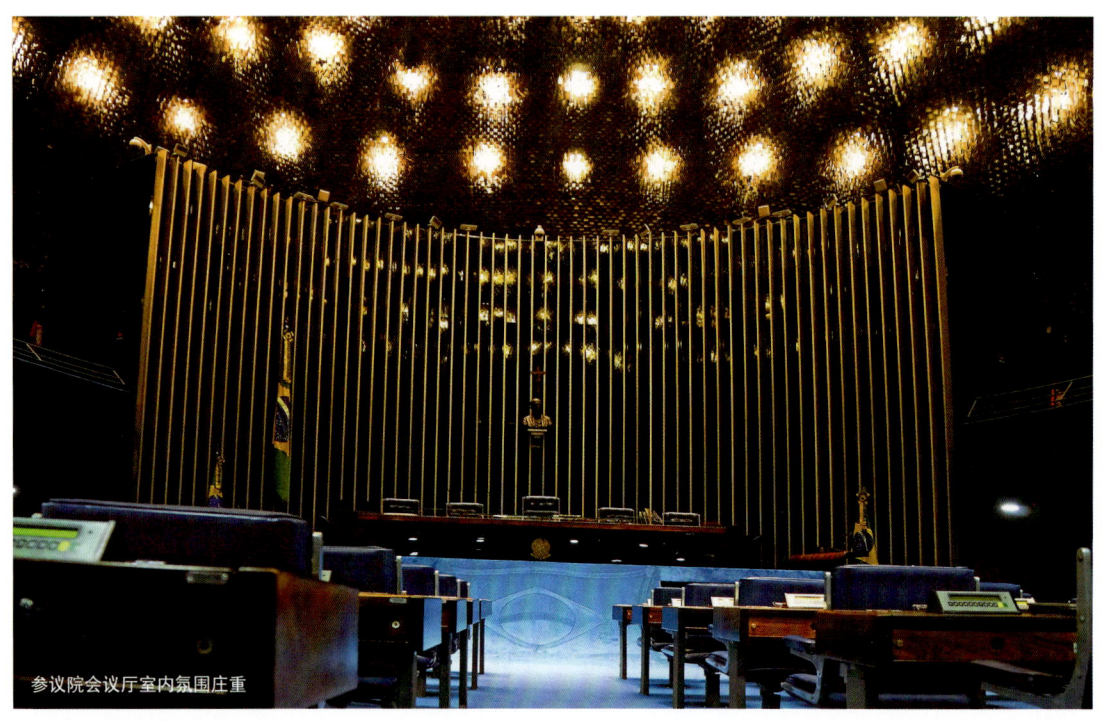
参议院会议厅室内氛围庄重

众议院会议厅室内氛围明快

站在入口坡道上 近观议会大厦的"大碗"

休息厅室内抽象画的隔断

"乱码"瓷砖装饰的室内

14 司法部、外交部两大楼遥相对望

The Building of Ministry of Justice and the Building of Ministry of Foreign Affairs are Facing Each Other

议会大厦前,左右围合着外交部和司法部两座大楼。尼迈耶设计的外交部大楼被称为"伊塔玛拉蒂宫",又有"水晶宫"的美誉,它坐落于水池之中,需从漂浮于水面的"小桥"进入其内。"伊塔玛拉蒂宫"的玻璃幕墙主体四周外环绕着柱廊。柱廊每边是15个三角形断面的柱子,细长的柱子上部以拱相连。素混凝土的柱面彰显出拱廊细腻中隐含着粗犷的美感。

大楼前清澈的水池中,一个由5片白色大理石花瓣组成的圆形雕塑"漂 浮"于水面之上。雕塑的5片石头花瓣有世界五大洲人民紧密团结的寓意。

司法部大楼与外交部大楼相对而立。尼迈耶设计的这栋大楼构思独特,寓意深刻。一面国旗在司法部大楼前庄严飘扬。大楼正立面的外廊上伸出6个"托盘",6条水柱如瀑布般自"托盘"倾流而下,寓意着人民在流泪。它提醒司法官员要时刻关注人民的疾苦,要为弱势群众伸张正义。尼迈耶巧妙运用建筑的语言、隐喻的手法,表现了这栋大楼的特殊功能。

外交部大楼近景

司法部大楼

外交部大楼入口

15 Three Powers Square is the Political Center of Brazil
三权广场是巴西的政治中心

三权广场上总统府前的雕塑

三权广场鸟瞰图（苏航作画，袁凌着色）

三权广场平面图

1、2、3—议会大厦
4—最高法院
5—总统府

巴西利亚的三权广场是世界建筑史上的唯一通过建筑、空间和环境对"三权"进行诠释和叙事的城市广场。三权广场位于巴西利亚"飞机"状城市规划平面的"机头"部位，是巴西利亚新城的起始处。

三权广场由巴西议会大厦、总统府、最高法院围合而成，是巴西国家最高权力所在地。议会大厦是三权广场最显眼的建筑，硬质铺地的广场衬托着三栋代表国家权力机构的建筑，营造了庄重但又不失美感的氛围。

总统府是一座由环廊围绕的玻璃幕墙建筑，被称为"高原上的宫殿"，简称"高原宫"。每个星期日，总统府向公众免费开放。总统府前的大广场上，矗立着一尊巨大的"劳动战士"铜像。这尊铜像是为纪念那些建设巴西利亚的劳动者而立的，同时也表达了要求执政者不要忘记巴西普通民众的愿望。

与总统府隔广场相对而立的是最高法院，法院前有一座蒙住双眼的妇女雕像，被称为"失明的法官"，隐喻那些有失公平的评判，以此警示执法人员要坚守正义。

最有意思的是广场上的前总统库布切克纪念碑，总统头像伸出于碑体近观远望，似乎在凝视着现任总统的一举一动，叮嘱其依法行政，为民效力。

三权广场上的建筑由建筑大师奥斯卡·尼迈耶设计。三权广场的规划设计体现了库布切克的西方议会民主思想。

民主自由广场与三权广场相接

巴西联邦最高法院

巴西联邦最高法院前"失明的法官"雕像

从三权广场看巴西议会大厦和库布切克纪念碑

The Novel and Wonderful Pillar Style of Oscar Niemeyer's Design in the Presidential Residence
总统府邸尼迈耶柱式造型新颖奇葩

16

巴西总统府

巴西利亚的总统府是尼迈耶的设计作品，是一幢低矮建筑。尼迈耶独创的白帆式柱廊"一"字形拉开，柱廊的优美曲线构成了虚空的盾形图符，这是印第安人盾牌的象征，寓意巴西最早是印第安人的居住地。

在总统府左端，一条细长的白色廊道把总统府与小教堂连在一起。这座看似有点螺旋式上升的圆形小教堂，是总统及其家人的专用教堂。

总统府的白色柱廊造型飘逸轻盈，整幢建筑像是飘浮在绿色草坪之上。柱廊后面的玻璃幕墙内挂着浅蓝色的窗帘，它映衬着白帆式的柱廊，使建筑显得更加妩媚优美。巴西总统府虽是一幢低矮的现代建筑，但它的典雅美丽完全可以与其他国家总统府传统的历史建筑相媲美。

巴西总统府全景

17 The Crown Church Deserves its Well Reputation
皇冠教堂名不虚传

皇冠教堂和不同寻常的钟楼

　　巴西是宗教色彩浓厚的国家，巴西利亚大教堂被称为"巴西的象征"，大教堂于1970年5月31日建成，是奥斯卡·尼迈耶的建筑杰作。

　　巴西利亚大教堂的造型十分奇特，有人说它像罗马教皇的圆形帽，有人说它像印第安人的茅草屋，还有人说它像皇冠，它由此得到"皇冠教堂"的美誉。

　　其实，我们看见的这顶"皇冠"，是这座教堂的屋顶。这个圆锥形的屋顶由16根抛物线状的洁白斜柱支撑，斜柱线条简洁而又有力度感。斜柱间装饰着大块彩色玻璃，这些彩色玻璃既是这座屋顶的屋面，又是地下大厅巨大的采光天窗。在教堂大厅中，天使塑像不是立在祭坛之上，而是悬挂在大厅上空，她们犹如在蓝天白云间俯视人间。而站在大厅内仰视天使时，有一种奇特的视觉效果，不禁让人联想到宗教的神秘。

　　在教堂大厅的彩色玻璃天窗上，巨大的彩色抽象图案代替了传统的圣像画，让明亮的教堂内充满了宗教建筑的现代气息。一条由室外通向地下的坡道，引导人们到达教堂的主体地下大厅，大厅的最大直径为70米，地下大厅内光线明亮，空间高大宽敞。

　　巴西利亚大教堂也是国家元首举行一些重大活动的场所。教皇佩德罗二世访问巴西时，曾在这里进行过宣讲。在世界现代宗教建筑中，巴西利亚大教堂是独一无二的建筑巨作。巴西利亚是最年轻的世界文化遗产城市，而这座现代化的大教堂是这座文化遗产城市中的珍宝。

教堂简约的祭坛

教堂天花上悬挂着天使塑像

"皇冠教堂"名副其实,形如皇冠

教堂内部的灯具设计别致而时尚

江城子

巴西利亚大教堂

巴西利亚大教堂
圆锥状　帐篷房
哥特罗马
传统一扫光
玻璃屋顶连着墙
圣像画　颇抽象

圣徒天使飞天上
抬头望　天苍茫
教堂大厅
宽敞又明亮
建筑艺术有独创
立经典　树榜样

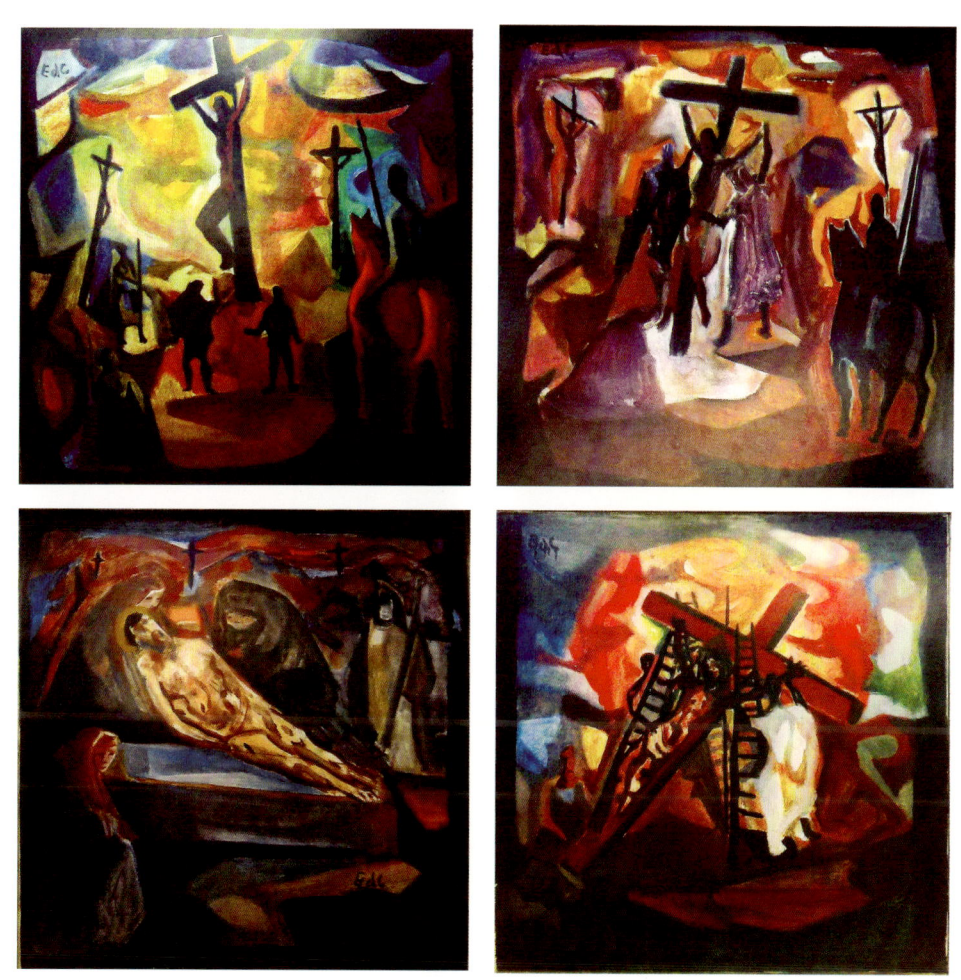

抽象的教堂圣像画一反常规

参观之后在教堂内摄影留念

A PIETÀ DA CATEDRAL DE BRASÍLIA

教堂内的圣像雕塑

The Army Headquarters is Strong and Powerful
陆军司令部大楼威武雄壮　18

尼迈耶设计的陆军司令部大楼

　　巴西陆军司令部大楼由建筑大师尼迈耶设计，通体呈军绿色，由形状相同的单元整齐排列而成，建筑外形简洁而有秩序感，如同威武雄壮的士兵列队接受检阅。

　　大楼前面是一座钢筋混凝土的阅兵台。阅兵台由一个优美的圆弧状落地混凝土壳体和一个高耸的纪念碑构成。巴西军人历来以佩剑为荣，纪念碑高25米、宽1米，造型如同出鞘的长剑。圆弧状的壳体高大而宽阔，就像一个巨大的遮阳篷，当广场上有微风吹过"遮阳篷"时，风速加快，在这里形成穿堂风效应，使人感到凉爽。更有意思的是，在这个圆弧状"遮阳篷"里，有一座高出地面的小小阅兵台，这是军队长官发号施令或讲话的地方。

　　由于这座阅兵台上方是一个逐渐升高的混凝土曲面壳体，站在台上讲话，声波经混凝土曲面壳体反射，产生了很好的放大效应，形成立体声音响效果。每年8月，巴西陆军都要在这里举行阅兵仪式，当长官站在这座阅兵台上讲话或阅兵时，上有巨大的"遮阳篷"防晒，下有凉爽的穿堂风吹拂，还有天然的麦克风扩音。应该说，这座阅兵台不仅外形优美，而且设计奇特、功能极好。

尼迈耶设计的阅兵台

尼迈耶设计的陆军司令部建筑

Main Building of University of Brasilia Nicknamed "Big Earthworm"
巴西利亚大学教学楼昵称"大蚯蚓" 19

巴西利亚大学规划总平面图

巴西利亚大学建于1960年，是一所公立大学。学校没有围墙，可随便进出，自由的校规使其得到了"懒汉学生天堂"的名声。尼迈耶为巴西利亚大学设计的教学主楼昵称"大蚯蚓"，外界对其褒贬不一。

"大蚯蚓"由两座有单面开敞外廊的弧形建筑组成，它们中间隔着狭长的花园以外廊相对，两个外廊由穿过花园的两条廊桥联系。"大蚯蚓"长约1公里，地上两层，地下一层。如果沿着外廊从头走到尾，并以学生的眼光来欣赏它，"大蚯蚓"还是有不少优点。

"大蚯蚓"的外廊十分宽敞，其顶部一半是开敞的，下面是花坛，栽种着植物；另一半则是封闭的，下面是通道，连接着各个教室。这既创造了良好的通风和采光效果，又使学生们在换课时避免日晒雨淋。

参观外廊时，正赶上学生们课间休息。他们聚集在这里，有的讨论问题，有的促膝谈心，有的加餐小憩……这里成了学生们的娱乐地、研讨地、交流地、休息地。外廊的墙面上还贴满了各种告示，这里又是学生们的广告处、信息处、展览处。在外廊沿线还有几处扩大区域，布置了公用电话、饮水机和小卖部，方便学生生活。这条外廊把学生的活动与他们的日常生活融合在一起，是"大蚯蚓"的设计亮点。作为教学主楼的"大蚯蚓"，我想应该会受到学生赞赏的。

巴西利亚大学教学主楼外观

阶梯教室一层入口，坡向地下室

宽敞的外廊

学生在外廊休息、午餐、交谈

学生在外廊嬉戏、活动

雨过天晴的美丽校园

大教室

20 The Latin American Memorial Hall Has a Unique Chic Curve
拉丁美洲纪念馆建筑别致，曲线流畅

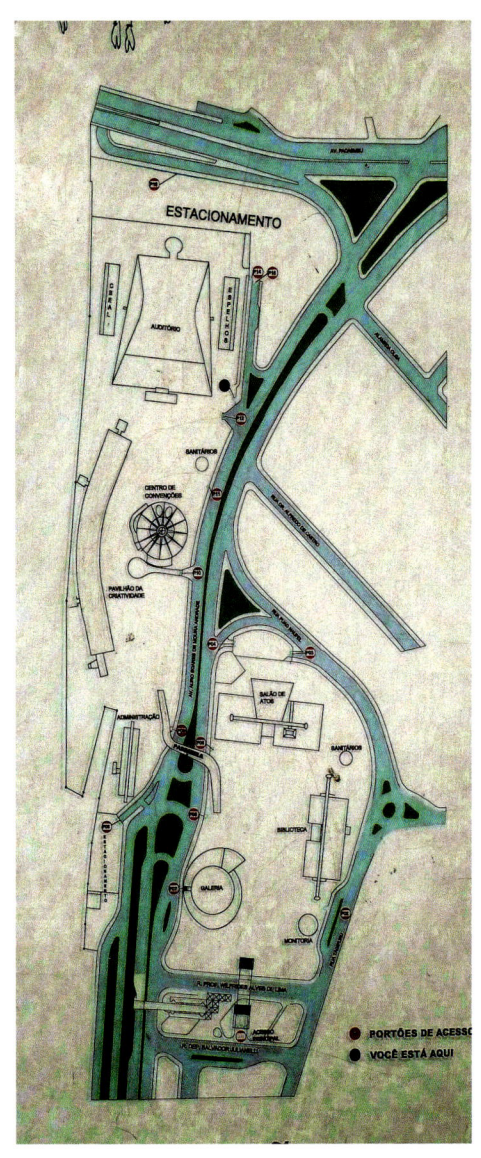

拉丁美洲纪念馆总图

拉丁美洲的 20 多个国家为了加强沟通，在秘鲁国会倡议下，于 1965 年在秘鲁利马成立了拉丁美洲议会。议会总部最初设在利马，1993 年 7 月迁到巴西圣保罗市，拉丁美洲议会总部进行了重建。

拉丁美洲议会总部是一组建筑群，包括议会大厅、办公楼、签字合影大厅、图书馆、展览馆等建筑，面积达 8 万平方米，由尼迈耶设计。建筑群建在一块不规则的地段上，中间被城市道路分隔成南北两部分。南区的主要建筑有议会大厅、议会大厦办公楼和民俗博物馆。北区的主要建筑有签字合影大厅、图书馆、展览馆和五指纪念碑等。一条跨度 60 米的 S 形过街天桥把南北两部分连在一起。2008 年 1 月，拉丁美议洲会总部由巴西圣保罗市迁至巴拿马首都巴拿马城，10 多年来这里没有举行过会议，议会总部的房屋有的改为他用，有的已经闲置或出租。议会总部建筑群现在已成为一处旅游景点，并更名为拉丁美洲纪念馆。

议会总部建筑群的布局自由灵活，内部道路清晰便捷。建筑用钢筋混凝土建造，造型别致，曲线自由流畅。单栋建筑尺度巨大，形象简约、大气、优美，雕塑感强，充分体现了尼迈耶的拉丁美洲现代主义建筑的地域特色。

拉丁美洲议会总部建筑群是充满巴西地域特色的、自由现代主义建筑的代表。这组建筑群不仅在总体布局上自由奔放，在单体建筑的艺术形态上，处处都以曲线为主，甚至连水池中的雕塑和过街天桥都是曲线形的。正如尼迈耶曾经说过的那样："真正让我着迷的是自由、性感的曲线。"

五指纪念碑和玻利瓦尔演播厅签字合影大厅

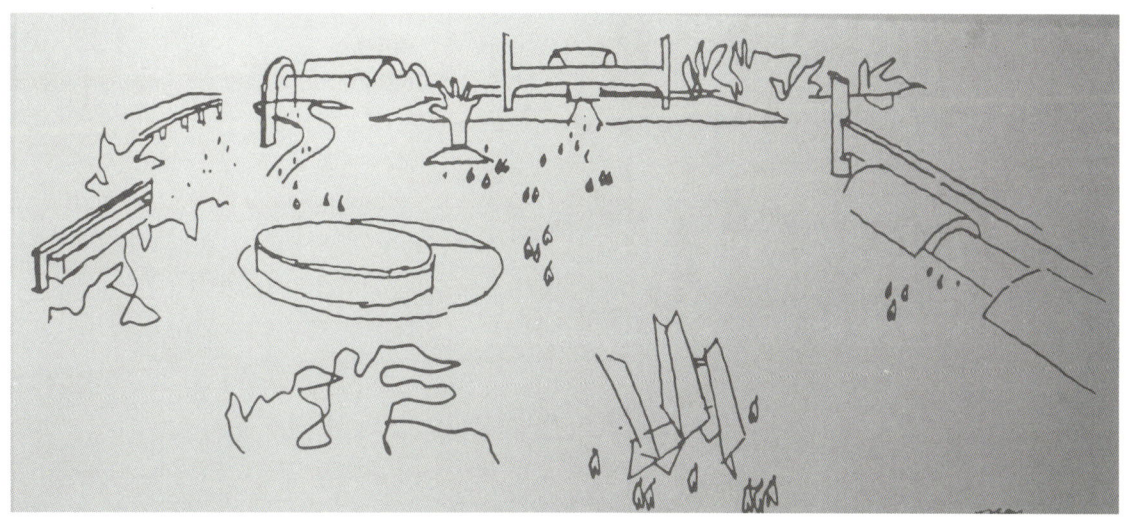

尼迈耶的设计构思草图

玻利瓦尔演播厅签字合影大厅室内

造型简约的图书馆外观

图书馆室内

拉丁美洲民俗博物馆

拉丁美洲议会大厦办公楼

拉丁美洲议会展览馆

连接拉丁美洲议会总部两地段的过街天桥

21 The Latin American Memorial Hall has Profound Meaning Sculptures
拉丁美洲纪念馆雕塑新颖，含义深邃

在拉丁美洲纪念馆的建筑群中，布置着几处造型别致、含义深邃的雕塑。在南区议会大厦办公楼和民俗博物馆中间，有一座不完整的巴西女人雕像。这座雕像虽不完整，但表现了巴西女人的魔鬼身材。正如尼迈耶所说："真正让我着迷的就是我们国家的山峦、蜿蜒的河道和美丽女人的身体上流动的那些曲线。"这也是尼迈耶创作灵感的来源。

在议会大厅的侧面还有一座著名的拉丁美洲解放者西蒙·玻利瓦尔的头像。玻利瓦尔是 19 世纪解放南美大陆的英雄人物，是拉丁美洲独立战争的先驱，被授予"解放者"的光荣称号。

在北区广场上屹立着一座五指解放纪念碑。这座大理石雕刻的纪念碑，是一只五指张开的左手。从手掌到手腕下部的血红色图案，像一张拉丁美洲地图，象征着拉丁美洲的解放是无数烈士流血牺牲换来的。这座纪念碑也寓意着拉丁美洲各国必须团结在一起。

五指解放纪念碑

拉丁美洲"解放者"西蒙·玻利瓦尔头像

巴西女人雕像

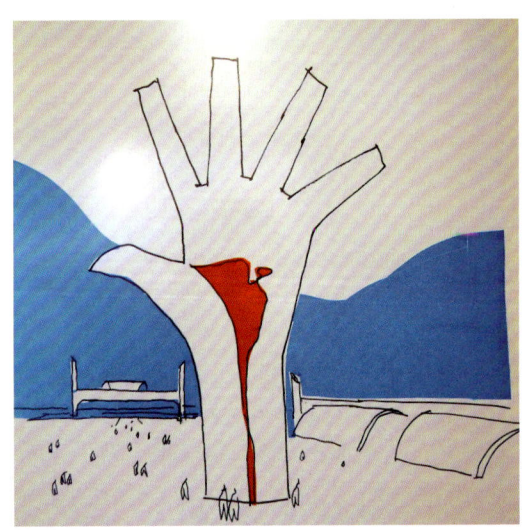

五指解放纪念碑构思草图

A Bird's Eye View of Rio de Janeiro in Which Buildings, Green Mountains, Sea and Sky are Connected
鸟瞰里约热内卢的建筑、绿山和海天

22

瓜纳巴拉海湾及面包山

里约热内卢简称"里约",始建于 1565 年。1763—1960 年,它曾经是巴西的首都,是巴西仅次于圣保罗的第二大城市,是巴西第一大海港。

在里约,虽然现代化高楼林立,但殖民时代的欧式古建筑仍有不少保存完好。瓜纳巴拉海湾拥有海滩 72 个,城市依山傍水,山海交融,景色秀美。主要名胜有耶稣山、面包山、尼泰罗伊大桥、马拉卡纳体育场等。

世界的狂欢节以巴西的为最大,而巴西的狂欢节又以在里约的久负盛名。2014 年,里约举办了足球世界杯,2016 年,又举办了夏季奥运会。2012 年在第 36 届世界遗产大会上,里约独特的自然景观被列入世界文化遗产。里约是首个以自然景观类别入选世界文化遗产的城市。

鸟瞰里约城市依山傍水

鸟瞰里约，有山有水，风景优美

殖民时代，里约建造了不少欧式建筑

里约的棚户区

Enjoy The Scenery of Guanabala Bay of Rio by Boat
乘船旅游，饱览里约瓜纳巴拉湾风光

23

尼迈耶设计的尼泰罗伊现代艺术博物馆好似一架飞碟

巴西东南部的瓜纳巴拉海湾是葡萄牙人于1505年发现的。海湾长约31公里，最宽处约29公里，入口处宽约1.61公里。湾内有几座岛屿，风景十分秀丽。里约热内卢位于海湾西南岸，尼泰罗伊在海湾东南岸。两座城市由14公里长的尼泰罗伊大桥相连。瓜纳巴拉海湾是里约热内卢旅游的重要游览项目。

乘船在瓜纳巴拉海湾游览，可以把城市远景、新老建筑、市际大桥、奇特船只、海湾风光尽收眼底。

港湾旅游地休闲建筑

海上半潜船

城市轮廓线分外清晰

自海湾望城市，高楼林立

尼泰罗伊大桥连接里约和尼泰罗伊两大城市

欧式教堂建筑保存完好

沿岸住宅和风景

24 Climbing Monte Cristo — Rio's Iconic landscape
攀登里约标志性景观——基督山

里约热内卢可可瓦多山顶上有一座大型耶稣雕像。雕像由法国纪念碑雕塑家保罗·兰多斯基设计。设计以"救世基督展开双臂"为造型，以一座容纳150人的天主教堂为基座。雕塑在 1926—1931 年先在法国打造好部件，然后长途跋涉运到巴西组装。这座耶稣雕像高 38 米，双手张开宽 28 米，重 1125 吨，钢筋混凝土结构，外包石材饰面。

雕像落成后，在里约的大部分地区都能看到它，十分醒目，成为里约的重要标志，也是世界著名的纪念雕塑。2007 年这座耶稣雕像入选世界新七大奇迹。可可瓦多山也因它被称为耶稣山。

山顶的观景平台是鸟瞰里约的最佳观景位置。在此观景，风光无限。

耶稣山顶上的基督雕像

在耶稣山顶观赏海、山、城市风光

这样拍照才能和雕像合影

模仿耶稣山顶上的基督雕像

The Subversive Rio de Janeiro Cathedral is Unique
颠覆传统的天梯教堂别具一格   25

天梯教堂鸟瞰

　　当我们在耶稣山鸟瞰里约时，在一片看似"背景墙"的高楼大厦前面，一座圆锥形建筑在一片低矮房屋中鹤立鸡群，尤为突出。这就是著名的里约大教堂，人称"天梯教堂"。天梯教堂由建筑师埃德加·方塞卡设计。教堂高80米，底座直径达106米，可容纳2万人。1964年动工，1976年建成。

　　天梯教堂的外形颠覆了传统教堂的形象，其80米高的圆锥形向上收分的形体，钢筋混凝土方框架结构从下到上、从大到小的渐变，长条形彩色玻璃窗从地面向天窗的聚交，十字形图案的天窗，都颇具新意。同时，天梯教堂也继承了传统教堂室内光线幽暗、彩色玻璃窗色彩纷呈、传统方式布置等特色，依然保留着教堂建筑的宗教氛围。

　　天梯教堂既颠覆了传统宗教建筑的形象，又传承了它的宗教氛围，是一座创新的现代化宗教建筑。

高耸向天的天梯教堂

十字采光顶和长条彩色玻璃窗别具一格

教堂室内祭坛与座椅的布置

颜色艳丽的彩窗抽象构图

26 Encounter Rio Cultural Center Under Construction
偶遇建设中的里约文化中心

里约热内卢艺术城建筑二层户外平台（黄汉民 摄）

架空底层夜景

里约热内卢艺术城位于里约新城巴拉达蒂茹卡，是法国建筑师、法国首位普利兹克奖得主包赞巴克设计的。

艺术城坐落在新城中心的一片平地上，两条高速路在此交汇，远处有山脉和海洋，建筑周边环境十分单调。包赞巴克谈及设计构思时说："我很快就想到这一综合性建筑需矗立于地面之上，人们在建筑里能够看到大海、山脉和整个城市，因为目前从地面上可以看到的只有汽车。因此，这一建筑必须高于地面10米。所以，修建一个大型的户外平台的想法就产生了，这个平台用以承载所有设施和接待公众。并将其建成多个独特、隔声并具有各种不同的功能的单独体量，同时还将其建设成为可以漂浮的建筑。"

艺术城即将完工。按照包赞巴克的设计，建筑好像一栋有超大通透阳台的房子。这个"阳台"就是包赞巴克的大型户外平台。"阳台"下面是热带花园，"阳台"上可远眺山海美景。"阳台"里，有一片片弧形混凝土墙围合的空间，空间里布置着演唱厅、电影院、舞蹈室、展览空间、餐厅、敞篷歌剧院等。

这个大"阳台"既遮阳，通风又良好，很适合巴西这个热带国家的气候。艺术城建成后将成为里约新城的文化中心和新区城市建筑的新景观。

里约艺术城外观

二层音乐厅（黄汉民 摄）

二层交通空间（黄汉民 摄）

Long Queue of Tickets in Front of Rio Football Field
里约足球场前的购票长龙   27

里约热内卢马拉卡纳体育场

里约热内卢马拉卡纳体育场是为 1950 年的巴西世界杯而兴建的,也是 2013 年国际足联联合会杯和 2014 年巴西世界杯的比赛场馆。这里还举办了 2016 年里约热内卢奥运会的开幕式和闭幕式。我们参观马拉卡纳体育场那天,烈日炎炎,人人汗流浃背。在体育场门口,为了买足球票,小伙子们顶着大太阳排成了一条长龙。有的热得光着膀子,把衣服顶在头上遮阳。

足球是巴西的大众运动,也是文化。无论街头巷尾,还是海滩、球场,都有人踢球。巴西的足球学校在全国各地比比皆是,重点培养 12~13 岁的孩子。巴西各俱乐部还雇有球探,常年在各足球学校和比赛场地发现优秀人才。

当今,巴西约有 22000 名国家级运动员。贝利、济科是巴西足球的历史名人,马拉多纳、罗纳尔迪尼奥、卡卡、罗纳尔多等是巴西著名的足球明星。巴西参赛世界杯 18 次,夺取冠军桂冠 5 次。巴西青年对足球的热爱已深入人心,巴西世界杯 5 次夺冠绝非偶然,这并不是商业足球的魅力,而是大众运动的动力,犹如乒乓球运动在中国一样。

小伙子们为购得一票不辞劳苦

体育场门口的购票长龙

Samba Dance Performance with Great Enthusiasm
热力四射、激情奔放的桑巴舞表演　28

每年 2 月的中旬或下旬，巴西都要举办盛大的狂欢节，历时 3 天。而桑巴舞大赛是里约狂欢节的重大内容，全市前 14 名的桑巴舞学校要在狂欢节进行比赛。里约的桑巴舞赛场由著名建筑师奥斯卡·尼迈耶设计，赛场两边是看台，中间是桑巴舞队伍游行的通道。每个桑巴舞学校有 3800～4000 人参加，分成 32 个方队，8 辆彩车，表演自己编排的故事。里约狂欢节已成为久负盛名的旅游项目，每年吸引着世界各地 40 万游客前来观看。桑巴舞、狂欢节、足球已成为巴西的象征。

桑巴舞起源于非洲。"桑巴"一词据说是从非洲基姆本杜语"森巴"演变而来，"森巴"原是一种肚皮舞。森巴舞后来逐渐吸收了欧洲、古巴和巴西当地舞蹈元素，演变成桑巴舞，风靡巴西全国。其中，巴伊亚的圆圈桑巴舞于 2005 年被联合国教科文组织认定为人类非物质文化遗产。

我们到里约时没有赶上狂欢节，在剧场看了一场热情洋溢的桑巴舞表演。随着场景、情节的更替，舞蹈热情豪放而活泼欢快，有的充满战斗气氛，有的像杂耍。演员的服装风格多种多样，有的非常艳丽，有的相当暴露，舞蹈的音乐充满动感，节奏感强烈。演出的灯光炫丽异常。

桑巴舞在巴西是喜闻乐见的大众娱乐，艳丽、暴露的服饰是桑巴舞的艺术特色。巴西广袤辽阔的土地，奔腾不息的亚马孙河，充满神秘感的原始热带雨林，无形中冶炼了巴西的民族精神，产生了巴西豪放的舞蹈和音乐。每一种文化的出现都不是偶然的。这种热力四射、激情豪放，颇带原始野性与质朴的桑巴舞出现在巴西，正是巴西民族精神的体现。

巴西狂欢节桑巴舞大赛

103

桑巴舞表演

桑巴舞表演

桑巴舞表演

望江南

桑巴舞

桑巴舞
狂欢巴西府
彩车招摇万人睹
十四舞校争胜负
芳名留千古

桑巴舞
艳装世界殊
头饰红翎身半露
华丽舞衣缀玉珠
舞醒梦幻处

桑巴舞
伴奏击大鼓
抖腹扭臀摇摆步
鼓急舞狂全不顾
舞尽乐与苦

桑巴舞表演

107

桑巴舞表演

桑巴舞表演

桑巴舞表演

29 World Cultural Heritage — Jewel Capital Ouro Preto City
世界文化遗产——宝石之都黑金城

道路依山就势蜿蜒曲折

道路顺坡而下坡度极大

1698年，一座欧式的新城镇在巴西米纳斯州诞生了，因为当地的黄金是被黑色矿石包裹着的，所以，这座新城镇被称为"黑金城"。这是一个方圆约1平方公里的山城，海拔约1100米。17世纪末至18世纪，这里的黄金开采量十分惊人，一度使得巴西的黄金产量占据世界总产量的70%；这里的人口也曾一度超过里约热内卢和纽约。黑金城成为整个美洲大陆人口数量最大、最为富有的城镇。

18世纪末，由于黄金枯竭、人口锐减，黑金城几乎停止了运转，它被锁定在18世纪繁荣的瞬间。虽然黄金开采"曲终人散"，但是伴随淘金一同出现的宝石却在继续着黑金城的传奇。现在，黑金城是巴西著名的宝石集散地之一。位于黑金城中心的蒂拉登特斯广场四周分布着许多五颜六色窗棂的店铺，许多店铺里虽然只简单地摆放着几张柜台，但当你的目光穿过玻璃橱窗时，色泽鲜艳、珍贵的海蓝宝石、祖母绿、玛瑙石以及闪烁着光芒的碧玺就像落入人间的彩虹一样引人注目。

黑金城是个山城，这里道路不宽，坡度极大。许多道路的坡度都大于10%。黑金城的房屋，一般都是红瓦、白墙，建在坡度很大的道路两旁，顺着山势的起伏，高低错落。为了保护山城建筑风貌不被破坏，黑金城市政府规定，新建的建筑都要按照原有的建筑风格设计，以保持古城的独特景观。这座保存完好的巴洛克风格的小城，现在不仅是巴西著名的宝石集散地，而且是巴西体验"新大陆"殖民时代城市风貌的最佳地点，它已经成为巴西中部米纳斯吉拉斯省最著名的旅游地。1980年，联合国教科文组织将黑金城列入《世界遗产名录》。

高低错落的红瓦白墙

山坡上的宝石之都——黑金城

江城子

黑金城

日采黄金无对手　　人去楼空城依旧
说富有　血泪流　　宝山在　何须愁
陡峭山城　　　　　碧玺玛瑙
建楼似欧洲　　　　珠宝冠全球
忽报黑金采到头　　而今五洲万人游
繁华休　人散走　　风貌留　续春秋

建在陡峭山坡上的黑金城

30 The Simple Baroque Style of the Church of Ouro Preto
黑金城教堂的简朴巴洛克风格

黑金城巴洛克风格的教堂

　　巴洛克风格是17—18世纪欧洲在意大利文艺复兴建筑基础上发展起来的一种建筑和装饰风格。这种风格冲破了晚期古典主义建筑的各种清规戒律，向往自由世俗的思想。而且，巴洛克风格的教堂建筑富丽堂皇，追求豪华和神秘，建筑的外形既庄严隆重又充满欢乐和活力。这受到了黑金城这座因黄金而暴富的"土豪"城市的由衷欢迎。不难理解，为什么在淘金热中迁徙到黑金城的殖民者，在鼎盛时期会修建大量巴洛克风格的教堂和房屋。

　　圣母主教堂（又称为黄金大教堂），是黑金城中的巴洛克教堂建筑的代表。这座教堂位于城中较高的山地上，在城中的许多地方都可以遥望到教堂高耸的钟塔，它成为黑金城中的标志性建筑。由于与欧洲经济实力的差距，这座教堂的外观比欧洲的教堂简朴得多，但是，教堂的室内依旧华丽。圣母主教堂的室内光线昏暗，但是各个角落都闪烁着点点金光，除了黄金制作的圣母、基督、圣徒的塑像外，墙壁上的花饰、顶部的壁画都用金粉、金箔妆点，据说室内装饰动用了500千克黄金。现在，这座巴洛克风格的圣母主教堂成了黑金城重要的旅游景点。历经200多年，巴洛克风格的各种建筑在黑金城保存完好。黑金城也成为巴西"新大陆殖民时代"风貌保存最好的城市。

黄金大教堂

黄金大教堂室内全用黄金装饰（黄汉民 摄）

教堂建筑简朴的巴洛克风格

31 The Public Buildings of Ouro Preto are Practical and Beautiful
黑金城的公共建筑实用美观

中心广场上的"拔牙者"雕像

蒂拉登特斯广场是在黑金城唯一一处大平地上修建的城市中心广场。广场中央矗立着巴西历史上的独立英雄——"拔牙者"的雕像。从前的总督府，现已改为起义博物馆。总督府对称布局，形象庄重气派，简洁大方。广场也是市民拍纪念照、结婚照的好地方。

淘金时代的邮局保存完好，如今已开放供游客参观。站在邮局二楼的阳台上，观望黑金城漂亮的街道、远处的教堂，有种穿越到城市鼎盛时期的感觉。这座邮局部门齐全，房间不少。建筑中央有个天井式的小院，为建筑提供了良好的采光和通风。

邮局室内的装修、家具、陈设等都尽量保持原来的状况。这座邮局曾经是黑金城与世界保持通信联络的重要场所。参观这栋建筑，我们也感受到黑金城当年的繁荣与忙碌。

中心广场上的前总督府

自邮局二楼向外望,坡度较缓的外部街道

在广场上拍结婚照的新娘

邮局天井通透

邮局内部装修

Jewelry Shops Abound in the Jewelry Street
黑金城珠宝街上的珠宝店比比皆是 32

小珠宝店与礼品店合一

珠宝街上的小珠宝店鳞次栉比

　　巴西盛产宝石，其彩色宝石产量占世界的65%。黑金城是巴西著名的宝石之都，珠宝店很多，连一些教堂外都有叫卖珠宝的小贩。城市中心的蒂拉登特斯广场正对一条大街，大街中央是一条大坡道，坡道两侧是大约1米宽的人行道。不少路段相当陡，走人行道就是走台阶。这条陡峭的大街是巴西著名的宝石集散地之一。在这条"宝石街"上，珠宝店比比皆是。导游带领我们进入一家"大店"，店里没有像样的装修，没有上锁的柜台，只有一名员工正在加工宝石。

　　这里的裸石品种很多，价钱也比较便宜，吸引了世界各地的宝石经营商和游人。黑金城是名副其实的宝石之都。

小珠宝店摆放的宝石首饰(黄汉民 摄)

陡峭的珠宝街

宝石耳坠

Part 2
智利 Chile

The Visual Image of Chile
智利视觉意象 33

维尼亚·德尔马

瓦尔帕莱索

圣地亚哥

34 A Little Impression of Santiago
圣地亚哥城市印象点滴

西班牙殖民者瓦尔迪维亚于1541年2月建立圣地亚哥。1818年4月5日，经过迈普之战后，圣地亚哥成为智利的首都。圣地亚哥坐落于智利中部的中央谷地，全名"圣地亚哥－德智利"。19世纪，铜矿的发现和开采，使城市得到迅速发展。市区历史性建筑物在数次遭受地震、洪水等自然灾害的破坏后曾受到严重毁坏，但今天的圣地亚哥，不仅是智利最大的城市，全国政治、经济、文化和交通中心，而且也是一座现代化的国际旅游城市。

圣地亚哥的圣克里斯托瓦山，又称圣母山，海拔1000米，山上有座巨型圣母像，高14米，重36.5吨，是圣地亚哥的主要标志。山坡上，花草之中，还建有天文台和动物园，称为"首都公园"。

站在圣母山上，可一览无余地欣赏圣地亚哥的高楼大厦、解放广场、宪法广场、巴格达诺广场等，还可观赏到市区和近郊的天主教堂、市政厅、邮政大楼、国家图书馆、历史博物馆、美术馆等。

圣母山上鸟瞰圣地亚哥

圣母山上圣母像

宪法广场上智利前总统阿连德雕像

圣地亚哥著名的宪法广场是智利举行重要国事活动的地方。宪法广场上有7座智利前领导人的雕像，2003年在广场司法部和人权部大楼前竖立起智利前总统阿连德的雕像。广场南侧的拉莫内达宫，1922年作为总统府及政府办公楼，1951年成为智利国家级历史遗迹。

圣地亚哥的武器广场是智利的宗教、政治、经济和文化的代表。在广场中央，矗立着佩德罗·德·瓦尔蒂维亚的铜像。广场西侧是智利最大的大教堂，北侧有圣地亚哥市政府大楼，这些都是圣地亚哥的代表性建筑，是圣地亚哥历史发展的见证。

拉莫内达宫

圣地亚哥城市景观

圣地亚哥街景

圣地亚哥街景

35 There's a Museum of Memories in Santiago
圣地亚哥有座记忆博物馆

博物馆架空在水池之上

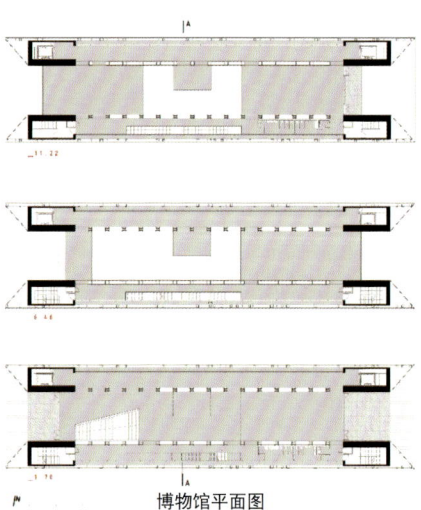

博物馆平面图

博物馆入口设于下沉式广场

　　智利圣地亚哥记忆博物馆又名"圣地亚哥记忆及人权博物馆"，在猫途鹰用户最喜爱的世界 50 家博物馆排名中，它名列第七。圣地亚哥记忆博物馆内存放着 20 世纪 70 年代智利政变后白色恐怖时期，人们对遇害者和受迫害人士的各种记忆。

　　博物馆位于圣地亚哥市马图卡那文化区，建筑面积为 10900 平方米，2007 年建造，由巴西圣保罗 Estudio 事务所设计。设计者是卡洛斯·迪亚、卢卡斯·菲尔和马里奥·菲格罗亚三位建筑师。记忆博物馆的建筑体形是一个巨大的长方体，为了减少这个巨大长方主体的沉重感，建筑外观装饰着孔雀绿色的穿孔铜板，风格简洁朴素。三层高的巨大长方主体架在两个水池上，建筑仿佛漂浮于水面上。长方主体下部有一个连接博物馆前后广场的下沉式通道，两个水池的池壁成为通道的侧墙，这里也是从下沉式广场进入博物馆主入口的必经之地。设计者可能是希望通过这一系列设计手法的处理，减轻博物馆记忆的沉重感，希望通过下沉式通道的穿越，使人们走出那段血腥历史的阴影。记忆博物馆内三层高的展示空间的平面呈矩形，中间是一个通高的中庭。建筑室内观展流线顺畅。

　　巨大的建筑主体，简洁朴素的处理，庄重肃穆的气氛，使参观者心理上仍然有一种无形的压力和沉重的感觉，也许这就是这幢博物馆设计的高明之处。

131

圣地亚哥记忆博物馆外观

蝶恋花
圣地亚哥记忆博物馆

雨打百合泪不干
腥风血雨
未说心已寒
四十多年恶梦魇
亲人已待天堂见

一堵巨墙色幽暗
馆存遗物
满屋老照片
苦难记忆存人间
但愿悲剧不再演

博物馆灰空间——过街通道

博物馆室内中庭

博物馆内保存的遇害者和受迫害人士的照片

A Masterpiece of Old Building Renovation — Gavrela Mistral Cultural Center
旧建筑改造的佳作——加夫列拉·米斯特拉尔文化中心

36

加夫列拉·米斯特拉尔文化中心大厅

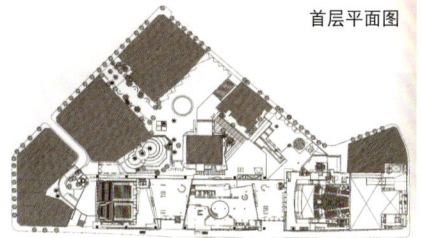

首层平面图

　　加夫列拉·米斯特拉尔文化中心是一栋将旧建筑进行脱胎换骨改造的"新建筑"。新建筑以诺贝尔文学奖得主——智利女作家加夫列拉·米斯特拉尔的名字命名。在阿连德执政期间，这栋建筑建造时曾被作为"新人类"的标志性建筑杰作。1973年政变后，它被用作皮诺切克政权的办公用房。

　　2006年的一场大火把建筑原有的大厅烧毁，智利政府后来决定对这栋建筑进行改造更新。克里斯蒂安·费尔南德斯建筑事务所与横向建筑事务所的联合方案，在50多个竞赛方案中脱颖而出。新建筑面积约44000平方米。

　　改造后的新建筑，在巨大的屋顶下，将原有建筑的巨大体量化整为零，分散成小的体量，增强了亲和力。同时，建筑的周边环境得到重点处理，提高了建筑对城市的开放性和与周边环境的关联性，使其成为适合休闲活动的轻松而又宜人的公共场所。

　　改造后的新建筑是一个艺术文化中心，功能上分成演艺与音乐档案中心、表演艺术培训室和容纳2000人的大剧场三大部分。新建筑将公共空间的开放性与内部空间的透明性合一处理，把舞蹈表演大厅和剧院作为"盒子和容器"展示出来，使建筑充满活力地融入城市生活。

　　加夫列拉·米斯特拉尔文化中心是一幢旧建筑改造更新的佳作，是一个值得参观游览的艺术文化景点。

加夫列拉·米斯特拉尔文化中心外观

加夫列拉·米斯特拉尔文化中心公交站和文化中心局部

加夫列拉·米斯特拉尔文化中心入口

加夫列拉·米斯特拉尔文化中心展出的智利工艺品挂毯

加夫列拉·米斯特拉尔文化中心展出的智利手工艺展品

"Outdoor Gallery" on the Streets of Chile
智利街头的"露天画廊" 37

在圣地亚哥街头,有个很大的绘画市场,不少民间画家早早来到这里,支起架子,挂上作品,招揽顾客。卖画的,边画边卖的,为人画像的……摊位一个接着一个。看画的,买画的,请人画像的……人来人往热闹非凡。这里是一个民间绘画市场,也是一个露天画廊。市场上还有警察巡逻,确保安全。

街头画家等待顾客

露天画廊

街上巡逻的智利警察

仔细挑选画作的顾客

街头画家支起画摊

Valparaiso — the World Heritage Port City
世界遗产——港口城市瓦尔帕莱索 38

美丽的瓦尔帕莱索港口

在距圣地亚哥约 130 公里的瓦尔帕莱索湾南岸，有座海港城市瓦尔帕莱索。2003 年，它被联合国教科文组织列入《世界遗产名录》。瓦尔帕莱索始建于 1536 年，其前身是印第安人的一个小渔村。这个小渔村很快发展起来，虽然曾屡遭海盗、风暴、大火、地震的毁坏（现在的市区大多为 1906 年地震后重建），但是，今天的瓦尔帕莱索已是智利第三大城市和智利最大的港口。

瓦尔帕莱索是座移民城市。这里有拉丁美洲最古老的证券交易所和西班牙语报纸，有智利第一家公共图书馆。19 世纪中叶到 20 世纪初，经济蓬勃发展使这座城市赢得"太平洋珍珠"的绰号。大量的移民社区纷纷修建自己本土风格的建筑形成了瓦尔帕莱索多元的建筑文化。

瓦尔帕莱索是座山城，陡峭的山体给城市的交通带来困难，瓦尔帕莱索人用索道缆车（高度倾斜的缆车）解决了这个难题。第一条索道缆车于 1883 年开始使用，最高峰时，瓦尔帕莱索同时有 28 条索道缆车在运营。由于汽车的发展，到 2010 年，索道缆车的运营数量已减少到 12 条。1996 年，世界遗产委员会宣布，瓦尔帕莱索不同寻常的缆车系统成为世界一百个濒危历史文化宝藏之一。这也是瓦尔帕莱索被列入《世界遗产名录》的重要原因之一。

20 世纪后期，由于巴拿马运河的通航，船只的改道，富人的搬迁，突然间船去城空，城市发展中断。突如其来的历史断层，使瓦尔帕莱索的城市、建筑得以完好保存——这也是它被世界遗产委员会认定为世界遗产的重要原因之一。

港湾新老建筑密集

瓦尔帕莱索城山头上的铁皮房子

一剪梅
瓦尔帕莱索城

百年繁华成云烟　　缆车交通变遗产
成是港湾　　　　　上到高山
败是港湾　　　　　下到海边
街市衰落情何堪　　彩笔刷墙涂雅艳
散了商圈　　　　　城也灿烂
聚了文苑　　　　　房也灿烂

咖啡馆墙上的诙谐涂鸦

瓦尔帕莱索城山坡上的建筑

美丽的瓦尔帕莱索港湾海景

坡度陡峭色彩斑斓的山城建筑

瓦尔帕莱索市索道缆车

39 Tourist Destination Vinia Del Mar
旅游胜地维尼亚·德尔玛

维尼亚·德尔玛小城简称维尼亚，人口约30.3万，是智利著名的旅游胜地。维尼亚位于瓦尔帕莱索的东北方，两座城市共享一条10公里长的海湾，两城之间有轻轨相连。维尼亚海岸的礁石、人造的沙滩、礁石上的动物、顺山坡建的"爬山建筑"，构成独具一格的城市景观。

维尼亚的海边建筑极具特色。小城三面环山，一面临海，大海、沙滩之后紧连着陡峭的山体，建筑就沿着陡峭山体的坡度顺坡而建。智利著名诗人聂鲁达在这座城市生活了多年。住宅楼栋栋都是靠山面海、景色极佳的"海景楼"，每户都有观海景的屋顶大平台。爬山住宅楼里的"电梯"是缆车，每层住宅的侧边都有可停靠缆车的"站台"。放眼望去，整个山体被密密麻麻、整整齐齐的建筑覆盖，形成独一无二的建筑爬山景观。海边是小城最热闹、最繁华、最有特色的地段。

维尼亚市区里漂亮的花钟吸引着游客们纷纷来此拍照留念。这座花钟是智利政府为了纪念智利在1962年足球世界杯比赛中赢得季军而修建的。

维尼亚·德尔玛小城的海湾、沙滩和海边建筑

城市花钟

博物馆前复活节岛的神秘石像

沿海住宅依山而建,顺坡而上

依山住宅由缆车升降出入住户

依山就势修建的住宅建筑和道路

40 A Handsome Chilean Sailor in Valparaiso
瓦尔帕莱索帅气的智利水兵

位于阿尔玛士武器广场中央的海军英雄纪念碑

智利位于南美洲西南部、太平洋东海岸，是世界上地形最狭长的国家。智利国土的海岸线占整个国境线的 1/2 以上。智利的海军包括海军陆战队和海军航空兵在内共有 24 万人。瓦尔帕莱索不仅是一座港口城市，它还是军港。在市内的阿尔玛士武器广场中央，矗立着海军英雄纪念碑。

在瓦尔帕莱索街头可以见到不少智利水兵。他们穿戴海军服饰，十分帅气。智利海关总署，是瓦尔帕莱索最为重要的建筑，也是旅游景点，有很多贩卖旅游商品的摊位。在海关总署前，水兵们在节假日搭起舞台，演奏乐器，和市民们一起唱歌跳舞，亲民气氛十分浓厚。

瓦尔帕莱索最重要的建筑——智利海关总署大楼

走在街头的智利水兵

智利海军水兵的街头表演

41 Encounter Airport Strike During Flight to Argentina
欲飞阿根廷遭遇机场罢工

焦急等待航空信息

盼望航空信息犹如望穿秋水

　　结束智利的旅程后，4月10日下午，我们兴冲冲地赶往圣地亚哥机场，准备飞往阿根廷布宜诺斯艾利斯，然后转机飞南美洲南端阿根廷的卡拉法特，那里的莫雷诺冰川正等待着游客们的光临。然而，当我们到达机场时却得到阿根廷航班停飞的消息。几经周折，终于打听明白，原来是阿根廷机场的员工罢工了，我们不幸滞留在圣地亚哥机场了。大家只好回到市里到处转悠，祈祷罢工能尽快结束。经过半天的折腾，晚餐后我们到新订的旅馆住下。当我们刚刚要睡觉时，电话铃突然响了。电话那头是导游激动的声音："零点以后有一班飞机飞阿根廷，大家尽快到机场抢先办票吧！"

　　我们匆忙收拾行李，来到旅馆门口。只见导游和他的朋友开着两辆小汽车赶来了。我们10个人加上2位司机，好不容易像沙丁鱼罐头一样挤进了车。不过小汽车的行李箱是无论如何都关不上了，只好用绳子把车箱盖拴住，防止箱子滚落下来，实在放不下的箱子就抱在身上。

　　虽然我们十分狼狈，但是我们赶上了罢工后飞往布宜诺斯艾利斯的头班飞机，大家喜形于色，终于松了口气。

Part3
阿根廷 Argentina

The Visual Image of Argentina
阿根廷视觉意象 42

博卡港

布宜诺斯艾利斯

莫雷诺冰川
卡拉法特

43 Calafate Tourist Town
卡拉法特旅游小镇

卡拉法特小镇街景

乘坐飞机从智利圣地亚哥飞抵布宜诺斯艾利斯后，我们在机场稍稍休息便转机飞往卡拉法特。到达卡拉法特小镇已是傍晚，在酒店入住后，我们便到小镇"逛街"。

卡拉法特小镇始建于1925年，初期发展以牧业为主，之后因冰川的观赏旅游而兴旺。小镇人口不足一万人，气温比布宜诺斯艾利斯低很多，街上的行人都穿着羽绒服、戴着绒线帽。这座小镇是阿根廷第一位民选女总统克里斯蒂娜的家乡。卡拉法特镇与阿根廷南部的乌斯怀亚镇并称"世界最南端的小镇"。卡拉法特小镇距莫雷诺冰川80公里，是观赏莫雷诺冰川最好的落脚点。

小镇的街道很干净，旅游商店和摊贩生意不错，晚上仍在"挑灯"营业。我们在小镇转了一圈，就到预定的烤肉店吃晚餐。烤肉店门外还有些等待座位的零星游客。这里的烤肉方式很有意思，大大的玻璃橱窗内，3只烤羊被撑开成平面，被熊熊的炉火烤得通体透明，肌肉、骨骼清晰可见，令人垂涎欲滴。烤肉的味道不错。

卡拉法特小镇的旅游商店

卡拉法特小镇赌场

卡拉法特烤肉店的烤全羊

卡拉法特烤肉店门外的等待坐席

Golden Argentina Lake
阿根廷湖的清晨金光灿灿   44

日出前天空、湖水金光灿灿

我们入住的旅馆在卡拉法特小镇郊外，正对着著名的阿根廷湖。阿根廷湖是阿根廷最大的冰川湖泊，湖面海拔 187 米，平均深度 150 米，最深处 500 米，面积 1466 平方公里。湖周围有 150 多条冰河的冰流和冰块流入湖中，湖水经东岸的圣克鲁斯河注入大西洋。湖泊附近雪峰环抱，山坡森林茂密，景色雄伟壮丽，已建成国家冰川公园。1981 年，阿根廷湖被联合国教科文组织列为世界自然遗产。

临湖是欣赏日出的最佳位置。天蒙蒙亮时，大家不约而同地来到湖边等待太阳升起。在时光的流逝中，天空和湖面慢慢变得一片金黄。我们都被笼罩在金光之中，披上了"黄金甲"。金色的太阳悄无声息地在湖对岸冉冉升起，把一条金黄的光柱"插"入湖水之中。湖水中，白天鹅的羽毛被金色的阳光中照得透亮，它的红喙被阳光"画"上一圈金边。在平静的湖水中，天鹅妩媚的倒影宛如仙女下凡，十分美丽。湖上日出的美景令人陶醉，这是大自然慷慨的赠予。

沐浴在金色晨曦中的旅馆

一切都沐浴在金色的光线中

湖中的天鹅被金色的光线照得格外漂亮

卡拉法特小镇阿根廷湖上的日出

45 Cruise to Moreno Glacier
乘游轮前往莫雷诺冰川

开往冰川的游轮室内

从卡拉法特小镇到莫雷诺冰川有 80 公里路程，其中约有 50 公里是在湖边行驶的。观赏莫雷诺冰川大致有三种方式：一是在湖岸边的栈道与观景台上远眺；二是乘船近距离观察；三是徒步攀爬登上冰川，对冰川零距离观察欣赏。第三种方式需要提前预约，不仅要有一定的体力，而且要准备相应的攀爬设备。乘船近距离观察和在湖边栈道上远距离欣赏对我们来说是最好的选择。

我们到冰川公园时，游轮已在湖边码头上等候。这是一艘白色的小游轮，这次登船的游客并不多，只有二三十人。游轮导游是个年青的小伙子，游轮开航后，他就热情地向大家介绍冰川的故事。还有一位幽默的船员，一边用一架大型摄影机给大家摄像，一边不断地说着笑话，逗乐船舱里的游客。

游轮上观赏和拍摄冰川最好的位置是游轮上层露天平台。我们听了一会儿导游的介绍后，便迅速爬上露天平台眺望远处的冰川，并拿出相机兴奋地搜寻拍摄目标。远远望去，巨大的冰川已出现在我们的视线中，阳光下的冰墙白中泛蓝，像海蓝宝石一般。人们欢呼雀跃，纷纷拿出相机拍照留念。

年青的导游

开往冰川的游轮

看见冰川，游客欣喜若狂

游人在船舷前与冰川合影

上层露天平台是观赏和拍摄冰川最好的位置

看见冰川，游客们欢呼雀跃

The Magnificent Moreno Glacier
莫雷诺冰川气势磅礴 46

冰川垮塌，冰川湖上浮冰漂流

莫雷诺冰川是阿根廷大冰川中最著名的冰川，它仅次于南极大冰川和格陵兰大冰川，是全球第三大冰川。莫雷诺冰川之所以出名，一是因为这条冰川成冰带达 250 平方公里，长度有 30 多公里，正面冰墙宽度超过 4 公里，湖面以上平均高度 70 米，总冰深度达 170 米，极其壮观。二是因为这条冰川很年轻，只有约 20 万年历史，它每天都在以 30 厘米的速度向前推进，是地球上仍在向前推进的少数活冰川之一。三是因为莫雷诺冰川具有最佳的观赏冰川的条件。人们不仅可以步行到湖边栈道和观景台上观赏，还可以乘坐游船抵近冰川近距离地观察。莫雷诺冰川还是世界上为数不多的可徒步攀登的冰川。1981 年，它被联合国教科文组织列入《世界遗产名录》。

与壮丽的冰川相比，游轮非常渺小

　　乘游轮驶向冰川，常可看到漂浮在湖面上的大大小小的冰块，这些都是冰川局部崩塌后脱落下来的冰川碎块。冰墙局部小块冰体脱落，是经常发生的现象。莫雷诺冰川最吸引人的是冰墙大块崩裂塌陷时的壮观景象。按照以往的规律，这种大规模的冰川崩塌现象，每三四年出现一次。冰川崩塌时，气势磅礴，如排山倒海，巨大的轰鸣声可传到数公里之外，时间长时，可持续70多小时。因此，每当冰川即将崩塌时，国内外的大批游客会蜂拥而至，等待目睹这独一无二的自然奇观。在高出湖面70多米的冰川面前，几艘大游轮就像站在高楼大厦前的路人一般渺小。游轮的渺小正衬托着冰川的巨大。

　　近距离观赏这壮丽的冰墙时，让人颇为不解的是：为什么冰川不像人们想象的那样洁白晶莹，而是透着蓝光？据说，冰川冰最初形成时是乳白色的，在漫长的岁月中，冰川冰在挤压下，里面的气泡逐渐减少，冰体变得更加致密坚硬，慢慢地变得晶莹透彻，可将赤橙黄绿青紫等六种色光吸收掉，便形成了蓝色的水晶样冰川冰。当游轮抵达离冰川最近的安全区时，抬头仰望，蓝天下，巨大的冰墙犹如白玉砌成的长城，浩浩荡荡，气势磅礴地站在我们面前。如果从观景台上眺望，重重叠叠的安第斯山脉间，一条洁白如玉的冰川飞流而下，以无比壮观的姿态展现在世人面前。

冰川壮丽

远观莫雷诺冰川，自然大奇观

美丽壮观的冰川、冰湖

鹧鸪天
莫雷诺冰川

十万年前落人间
安第斯山出冰川
浩荡奔腾三万米
推挤崩塌齐向前

冰川溶　湖水寒
清骨玉肌化冷源
闻讯大地闹酷热
我愿全球同凉暖

近看莫雷诺冰川浩浩荡荡，形如方阵

冰川方阵气势磅礴，一泻千里

47 Beautiful Autumn Glacier
冰川秋色美丽动人

冰川秋色

我们到阿根廷时正赶上南半球的秋季。站在观景平台上环顾四周，远处山顶的白雪，近处雪白的冰川、清澈的湖水，绿中带黄的森林，满山的红叶，还有那湖边"年轮"清晰的岩石，这冰川如画般的秋色如此动人，让人万般陶醉。

冰川周边的森林

冰川周边秋意浓郁,地貌独特,风景秀美

48 Visit Boca District, the Birthplace of Tango
走访探戈舞发源地博卡区

博卡老街区

探戈街的宣传广告

博卡是布宜诺斯艾利斯市的第一个港口，也是城市的老街区。作为一个老港口，博卡一直是码头工人和水手聚集的居住区。据说，19世纪从西班牙、意大利等国来的大量移民到博卡后，就地搭建了许多简陋的住房，由于买不起油漆，他们把涂刷船只剩下的油漆带回家，涂刷自家的房屋，渐渐地出现了许多彩色的房子，日积月累，这里慢慢地成了五彩缤纷的街区。现在，这条五颜六色的博卡老街区被认为是最能代表布宜诺斯艾利斯城市气质的街区。走进彩色的博卡老街，就能感受到这里浓郁的浪漫情调。老街区的建筑色彩大胆而艳丽。老街上，酒吧和咖啡店一家连着一家，每家的门口大都搭有简易小舞台，舞台上探戈表演接连不断。

老街上的几家工艺品店、服装店的门柱上装饰着探戈舞的浅浮雕，店门口摆放着马拉多纳的卡通像，出售各种探戈舞玩偶、纪念品。世界著名球星马拉多纳就出生在这里，阿根廷著名的博卡青年足球队也驻扎在这里。按照阿根廷画家金格拉·马丁的建议，街两边的建筑都被粉刷成当地代表性的颜色，并命名为"小路"。街两边的墙壁上有许多阿根廷艺人的浮雕作品，这些作品从不同角度表达了"探戈舞者"和移民的生活。也有些作品是阿根廷名人（如贝隆夫人、马拉多纳）等的"卡通式"雕像，港口码头的老仓库墙上有许多无名作者的涂鸦佳作。

1959年，当地政府将这条街道打造成一座步行街道博物馆。在街道漫步时，你能充分体验到诙谐而又充满活力的艺术氛围。

博卡区著名的三角状平面的二层小楼,小楼大门上方写着卡米尼托小路

在老街的一个露天小广场上，游客可以租一套舞衣，出钱请一位舞娘在这里当众过把探戈舞瘾。广场边上有一幢三角状平面的二层小楼，小楼底层朝向广场的大门上方，写着"CAMINITO"（小路）的标牌。阿根廷著名探戈歌唱家卡洛斯·加尔德尔所唱的名曲《小路》，指的就是这幢楼旁名为"小路"的街道。这幢二层小楼是老街的标志性建筑，也是游客在老街拍照留念的最佳场所。彩色的房屋、诙谐的浮雕、激情的探戈、热闹的街头……这是游览博卡老街后形成的美好记忆。

卡米尼托小路的路牌

探戈街五彩缤纷的商店

小餐厅里的探戈舞蹈表演

忆秦娥
博卡老街

博卡港
万千游子思故乡
思故乡
酒馆愁饮
一醉何妨

愁肠满怀遇舞娘
酒后深情舞一场
舞一场
老街扬名
探戈留芳

探戈舞浮雕作品

  博卡老街酒吧里的舞蹈表演，起初没有固定的套路和规则，非洲中西部的探戈诺舞、阿根廷牧民粗壮有力的独舞、西班牙安达卢西亚的"探吉约"舞等都在这里尽情地舞动，后来，舞者们将这些舞蹈以及印第安舞、拉丁舞的元素兼好并蓄，逐渐形成了探戈舞。探戈舞成为码头工人、船员在博卡老街小酒馆里和年轻的姑娘们边饮酒、边跳舞、边唱歌的一种娱乐形式。探戈舞在博卡老街的酒馆里逐渐形成，它是在这片老街里生长起来的一朵绚丽的花朵。

  探戈舞最初不被上流社会接受，它的舞台是破败的港口仓库甚至妓院。但是，这种艺术形式的魅力令人难以抗拒，它那飘逸、洒脱、典雅、含蓄的舞步，奔放而又充满激情的舞姿深深地感染人，让人喜爱。20 世纪初，探戈被大众接受。20 世纪 40 年代，探戈走向世界，受到各国民众的喜爱，成为世界上最具有艺术生命力和拉丁色彩的舞蹈和音乐艺术。现在，探戈被阿根廷人视为国粹，成为阿根廷人民的骄傲。

建筑墙面上的浮雕作品

商店门口招揽生意的"名人模特"

Wonderful and Romantic Tango Performance
精彩浪漫的探戈表演 49

探戈是阿根廷的文化象征，2009年9月，联合国教科文组织宣布将阿根廷和乌拉圭的探戈舞正式列入《人类非物质文化遗产代表作名录》。

在布宜诺斯艾利斯，我们订了著名的 Tango Porteno 剧场的演出票。Tango Porteno 剧场每天晚上十点半开始探戈舞演出。

探戈的流派很多，有浪漫探戈、节日探戈、幽默探戈、现代探戈等。Tango Porteno 剧场演出的是最正宗的阿根廷探戈，犹如中国的传统京剧。这种最正宗的探戈，年纪大的阿根廷人比较喜欢。

Tango Porteno 剧场入口处外景

布宜诺斯艾利斯老港口酒馆街的场景

舞台分为地面高度不同的两个空间

晚上十点半，深红色的丝绒幕布缓缓拉开，舞台上呈现出布宜诺斯艾利斯老港口酒馆街的场景。四对情侣般的年轻人在说笑着，他们身材修长、眼眸灵动。当舞台上奏响探戈舞曲时，帅男靓女们随着乐曲从容起舞。他们舞姿优美，配合默契，时而缠绵游移，时而激情四射。旋转洒脱的欢快舞姿、互相缠绕的肢体动作、时动时静的优雅舞步、左顾右盼的期待眼神，展示着爱所带来的身心交融，使探戈带上了一点神秘暧昧的色彩。

有人说，阿根廷探戈犹如3分钟的深度热恋，它追求的是一种瞬间的情感，动人心魄，深具魅力。这场演出没有报幕，观众们像坐在老港口的一家酒馆里，观看着小伙子和姑娘们边唱边跳，调情说爱。探戈是一种集音乐、舞蹈、歌唱和诗歌于一身的综合性艺术形式。

剧场的舞台分成标高不同的两个空间，低台空间用于表演舞蹈和歌唱，高台空间供探戈乐队演奏。探戈乐队不坐在乐池里，而是高高在上，这是为了更好地突出探戈音乐的地位。探戈音乐最典型的乐队是由钢琴和贝斯演奏节奏、六角手风琴和小提琴演奏旋律，其中源自德国的六角手风琴是最具特色的探戈乐器。这场探戈舞的乐队阵容强大，由12位乐师组成。确实，有了音乐，探戈不仅有了生命的灵性，而且更加具有优雅华丽、热情奔放的气质。

当音乐逐渐低沉下去时，从舞台正中走出来一位身着藏青色西服、声音略带沙哑的男歌手。我们虽然听不懂歌词，但那欢快、开朗的旋律，那左顾右盼的表情，很快引起了大家的注意。阿根廷探戈其实是一种唱多于跳的艺术形式，很多探戈歌曲的歌词，都是极富南美情调的优美诗作。台上男歌手的演唱从欢快明朗慢慢转为激情奔放。接着出演的女歌手的歌声却充满了风趣和诙谐，她那夸张的表情，配合极好的动作和手势，博得台下一片掌声。

探戈乐队阵容

男歌手演唱

女歌手演唱

双人探戈经典动作

除歌曲和双人探戈外，还有三人舞与集体舞的演出。双人探戈舞者面部表情严肃，互相深情凝视，但又不时地快速拧身转头、左顾右盼。阿根廷探戈以小腿的动作为主，男女舞者肢体交叉环绕，娴熟地配合着踢腿、旋转、折腰，托举，跳出一系列令人眼花缭乱的舞步，表现出男女间的欢乐、热恋、悲伤和反抗。这些丰富的肢体语言，既表达了人物性格和内心活动，又展示了探戈的思想和艺术精髓。

八人探戈集体舞以强烈的激情展现了探戈舞的气势磅礴。女舞者舞衣飘逸，舞姿洒脱、奔放。男舞者始终绅士风度，表情含蓄，面容冷峻刚毅。四对舞者一字排开，站满舞台，宏大的场面使探戈舞具备了很强的叙事功能和灵活的思想表达。

阿根廷探戈无论是双人舞、三人舞，还是集体舞，都尽情地展示着青春的活力与浪漫的情怀，展示着男女欢乐、爱恋所带来的神情交融。舞蹈文化不仅表现在舞蹈本身，而更加表现出它的社会文化基础。探戈的发展成为阿根廷历史不可分割的部分，具有强烈的民族象征意义。对阿根廷人来说，探戈是一种高尚的文化。

探戈双人舞表演

双人舞的折腰舞姿

幽默探戈

蝶恋花
探戈舞

激情优雅探戈舞
欲迎还拒
前进却退步
温柔缠绵舞步舒
目中深情藏又露

洒脱舞姿众人睹
踢腿折腰
右盼再左顾
男欢女爱藏何处
人间喜乐舞中诉

　　一个半小时的演出,让我们亲身感受了阿根廷探戈的魅力,也让我想起一直生活在罗马的阿根廷作曲家巴卡罗夫。他于20世纪末创作的一首新曲《探戈弥撒》,采用距今已近千年的弥撒曲形式,把对故乡的怀念融入探戈的节奏中。这场演出,正如《探戈弥撒》所表达的:探戈不只是一种舞蹈节奏,它更是一种思索生命的完整方式。

深情探戈

探戈舞谢幕

50 Buenos Aires Grand Theatre
布宜诺斯艾利斯大剧院

科隆剧院外观

剧院室内

剧院中庭

世界著名的科隆大剧院，又称哥伦布大剧院，是世界三大歌剧院之一，仅次于纽约大都会歌剧院和米兰拉斯卡拉歌剧院。大剧院位于布宜诺斯艾利斯市中心，坐落在七月九日大街广场上。大剧院由著名建筑师弗朗西斯科·塔布里尼设计，1908年建成。大剧院具有法国文艺复兴时期的建筑风格。其观众厅呈马蹄形，面积7050平方米。周围有三层包厢、四层楼座。除2500个观众席外，还能容纳1000个站位。观众厅内有世界最大的舞台，舞台长35.25米、宽34.5米。

大剧院中庭的四周是三层高的跑马廊，大理石的柱子、大理石的楼梯皆雕刻精美，屋顶上的彩色玻璃天窗色彩柔和图案细腻。整个中庭庄重而典雅。观众厅内，地面铺着红色天鹅绒地毯，座椅的红色天鹅绒饰面上配以金色装饰。金光灿灿的楼座栏板上，明灯盏盏，整个剧场富丽堂皇。

这座剧院还是一座丰富的戏剧博物馆。在剧院的靴鞋收藏室里，陈放着4.2万双各种款式的靴鞋。1956年中国京剧团访问阿根廷时，扮演"美猴王"的著名京剧演员李少春穿过的"齐天大圣"的靴子也被收藏其中。服装收藏室里，陈放着9万多套剧院成立以来历次演出用过的服装。剧院还收藏了许多珍贵的古乐器。

剧院室内

剧院室内

剧院室内

剧院的雕像

51 Image of South American all living Society
南美社会众生相

遛狗"保姆"

在国外旅行时，异域的风情、人物让人好奇，令人浮想联翩，吸引着我们用相机去拍摄记录。在 2014 年的南美之行途中，南美众生百态相就给我们留下了许多难忘的记忆。

在南美，有的工作很特别，一位牵着 7 条小狗的女孩，竟是专门帮人遛狗的职业保姆。小商小贩们各有推销商品的奇招，有的穿着民族服装叫卖土特产，有的发型奇特吸引顾客眼球。手工艺匠人在街边现做现卖，表演加工技艺招揽生意。

在阿根廷探戈发源地，咖啡馆门口纷纷搭起简易舞台，探戈舞女不断表演吸引游客。街头画廊热闹非凡，画师们露天作画、售画。颜值美女、老年游客那是随处可见。拍摄人物时，最好把人的自然状态拍下来。观察、拍摄那些有内容、有主题、能反映人物内心世界的形象，拍摄那些在特色光影下、环境中的人物，拍摄那些形象不一般的人，都是我们在旅行中感到很有趣的事情。

知识分子

王宫卫兵

电梯工人

后记 Afterwords

由于时间缘故，南美之行，我们只去了巴西、智利和阿根廷，没有去秘鲁考察纳斯卡地画、马丘比丘的印加建筑遗址、世界文化遗产库斯科市以及五千年前的美洲卡拉尔文明遗址等。现在想起来是非常遗憾的事。

虽说如此，在巴西，我们有机会参观了现代建筑大师奥斯卡·尼迈耶的许多建筑作品，特别是在巴西利亚，时隔五十多年亲眼目睹了绰号为"一双筷子两个碗"的巴西议会大厦，并进入议会大厦内部作了全面的参观。尼迈耶设计的三权广场、皇冠大教堂、巴西艺术博物馆、总统府等作品历经时代风雨的冲刷，已成为现代主义建筑的经典作品。

我们观赏游览了伊瓜苏大瀑布、莫雷诺冰川，感受了南美洲大自然的壮美。在里约热内卢，我们欣赏了巴西桑巴舞的热情奔放。在布利诺斯艾利斯，我们欣赏了阿根廷探戈舞刚柔结合的华丽。在智利加夫列拉·米斯特拉尔文化中心，精美的秘鲁工艺品给我们留下了深刻的印象。南美之行虽有一些遗憾，但也收获满满。

公元一千年左右的美洲印第安人已有相当高的文明和社会形态，他们在建筑艺术、雕刻绘画、工艺美术、音乐舞蹈等领域达到过很高的水平。1492年哥伦布到达美洲大陆后，西方殖民者对印第安人进行了大规模的屠杀和奴役，对印第安文明进行了毁灭性的破坏。五百多年来，南美洲各国的发展是在西方殖民者主导下的发展，欧洲殖民者的文化艺术在美洲各国大量复制。在南美各国，哥特式教堂、巴洛克式教堂、希腊罗马式建筑比比皆是，但是原住民的印加式建筑，甚至带有印加元素的建筑艺术，却鲜少见到。这是南美之行的另一个遗憾。幸而在一些博物馆等处见到了一些保存完好的印加民间工艺品，这也算是遗憾中的一点欣慰吧。

这本书中的一些照片是我们的学友黄汉民和唐玉恩提供的。这些照片为本书增色不少，谢谢他们！

这本书目录的英文翻译是张育南先生完成的，谢谢他的奉献！由于新冠肺炎疫情的肆虐，这本书的排版是袁镔自学，边学边排的。第一次排版会有许多粗糙之处，还望读者指正。

袁 镔　邹瑚莹
2022年2月于清华蓝旗营